M《エム》

岩城けい

集英社

M

エム

夏の夕暮れが夜気に溶けて、蠟燭《ろうそく》の灯《あか》りが流れた。ねぐらに向かう鳥たちの羽ばたきが遠のき、樹木の息づかいも眠りに落ちる。

新郎が大きく片足をあげ、ワイングラスの入った白い布袋を景気よく踏みつけた。参列者が一斉に大声を上げて立ち上がる。真新しいカップルがキスを交わすと、ふたつの唇を引き剝がすように、新郎新婦は歓声と拍手にさらわれた。花婿と花嫁をぐるりと取り囲んで人々がダンスを始める。

「マット！」

その声に振り返ると、椅子に座らされた花婿がダンスの輪の中心で男たちに担ぎ上げられている。花嫁も椅子もろとも神輿《みこし》のように宙に浮いていた。僕はあらかじめ用意してあったハンカチをポケットから出して、人混みのなかに分け入ると花婿に差し出した。そのまま神輿を担ぐ男たちの一群に引き込まれる。

今宵《こよい》の役は、花婿のベストフレンド兼「ベストマン《花婿介添人》」。ガラスを砕くのと同様、「チエア・ダンス」もユダヤの結婚式の伝統だと教わったのはしばらく前だった。ハンカチを振り回す新郎をのせ、椅子の神輿は激しく上下しながら花嫁に近づいていく。

「ジェイク、ジェイク、ジェイク！」

カップルの周りでダンスの輪は回り続ける。

「イモジェン、イモジェン、イモジェン！」

花嫁が花婿の差し出す白いハンカチを摑《つか》んだ。大きな拍手が起こった。祝杯と音楽と話し声はやまない。

その夜は入れ替わり立ち替わり、幸福な音がいつまでも響いた。


「二月は逃げる」。僕の父さんはよくそう言った。その二月がまさに逃げるように過ぎ、休暇が明けた。

スチューデント・ユニオン《学生会館》を通り抜けて、並木道を歩く。ハイスクールを卒業後、ファースト・ラウンド《第一期判定》では別の大学を志望したけれど、セカンド・ラウンド《第二期判定》でこちらに変更した。大都会の真ん中にあるこの並木道が気に入ったから。

周辺には、学生専用のアパート《ユニ・ロッジ》やシェアユニットが建ち並ぶ。そこからは大勢の学生たちが目と鼻の先にある大学へ通う。海外からの留学生はもちろん、地元出身の学生でも実家から出て、学生寮に入ったり、一軒家やユニットを他の学生たちとシェアして住むことが多い。僕の場合は、ハイスクールのときにはすでに家を出て寄宿舎に入っていた。大学も最初の一年は学生寮で、その次の年には今のシェアハウスに移った。以来、門限もなし。自分だけのスペースもできた。そうして時がたつうちに、この街自体が僕の棲《す》み家《か》になった。

ポケットのスマホが鳴った。新妻のイモジェンから。数週間前にハネムーンのニューカレドニアから帰ってきたときは、新婚夫婦は健康そうに日焼けしていた。

「ハイ、マット。今夜、うちに食事にきて。渡したいものがあるの」

「土産のコーヒーだったら、もうもらった。毎朝、ありがたく飲ませてもらってる」

「それとは別。ベストマンへのスペシャルなお礼。今夜、来られる？　ジェイクもそのつもりでいるから。七時ごろでどう？」

小学校からの親友のジェイクは、僕より一足先に大学を卒業して、今はスポーツ・リハビリ士として働いている。彼の当初の計画では、ハイスクールを卒業したらすぐにイモジェンと結婚するつもりだった。しかし、双方の親に「就職が決まってから」と説得されて、確実に職を得るために大学に行った。僕はジェイクのようにハイスクール卒業と同時に大学に行かず、入学を保留してギャップ・イヤーを取った。一年間、お金を貯《た》めるために働いた。日本にいる母さんには浪人したのだと勘違いされた。

七時あたりに行くと返信して、並木道の突き当たりのトラムストップ《路面電車の駅》で足を止める。

ふと見上げると、メルボルン特有の淡い緑色が頭上いっぱいに広がる。「tranquil」と口に出してみる。「平穏」が新緑に染まった。

バイトのない金曜日の午後は、街の中心にある州立図書館で過ごすことにしている。大学内の図書館と違い、ここは近辺のすべての大学から学生が集まるし、一般の人、子どももいる。チェスをやりにくる人もいれば、階上の博物館目当ての人もいる。週末を前に、シェアメイトのガールフレンドがよく入り浸りになるので、家にはどうも帰る気にならない。

八角形のフロアの中央から放射状に長テーブルが延びている。そのひとつに陣取ると、リュックサックの中身をぶちまけた。緑色のランプシェードの下でラップトップを開く。新学年のオリエンテーションが終わったばかりなのに、週末に読んでおかなければならない資料が既にいくつかある。

天文学に関する長文のイントロを読み終えたところで、椅子の背もたれに寄りかかって伸びをする。――地動説を唱えたばっかりに、周囲を敵に回さなければならなかったガリレオ。新発見とは、古い常識を覆して新しい常識を打ち立てることだ。地動説みたいに、将来は真っ当な常識になるならいいけれど、そうではない場合は単なる偏見止まり。ガリレオも軟禁状態で生涯を終えたんだっけ？

キーワードとわからない単語（いつになったら、辞書を全く使わずに読むことができるようになるんだろう？）をピックアップして、紙のノートに書き留めた。ラップトップを閉じて顔を上げると、出入り口の近くにあるチェス盤のところにいた男の子と目があった。黄色い頭の、見覚えのある顔。八歳くらい。チェス盤を挟んで彼の正面の席に座る。駒をひとつ進めるたび、頭のなかのもやもやがひとつずつ、チェス盤の升目に収まっていった。

図書館を出ると、坂の上に夕陽《ゆうひ》があった。地元民御用達《ごようたし》のスーパー、ウールワースで赤ワインを一本買う。超満員のトラムで新婚のフラット《共同住宅》に向かった。

最終のトラムで家に帰り着いたら、深夜過ぎだった。ラウンジに煌々《こうこう》と明かりがついていて、音楽と話し声が外まで聞こえた。例によって、ゼイドが「集会」のあとデモ仲間と酒を飲んでいる。裏庭にある裏口から入る。裏口は防犯用のセキュリティー・ドアと木製のドアの二重になっている。セキュリティー・ドアを開けると、内側の木製のドアは開けっぱなしになっていて、キッチンが丸見えになった。そのど真ん中にパンツ一丁のゼイドがいた。

「マット！　おまえも飲め！」

またかと、僕はちょっと呆《あき》れ顔《がお》になってゼイドとその仲間を見やった。キッチンの床では、何人かがかがみ込んで「Silence is genocide（沈黙は集団殺戮《さつりく》）」とか「Racism is man-made（人種差別は人工物）」とかのプラカードを作っていた。どうせならもっとシンプルで強烈な言葉を使ったほうがいいのに、それもデモで叫ぶんだったら、繰り返さずにはいられないような呪文めいた言葉とか。呪文の恐ろしいところは、意味がわかっていなくても繰り返すうちに信念に変わることだ。

キッチンシンクを見やる。水道の蛇口の下は、ビールの空き缶やウオッカの空き瓶などで溢《あふ》れかえっている。

「もう寝る」

小声でそう呟《つぶや》くと、その場で靴を脱ぐ。脱いだ靴の傍に人影が差した。あ、くるぞ、と思ったら、やっぱり来た。

「Oi! 日本人《ジャップ》」

ゼイドが笑いながら僕の真正面に立った。僕より一つ年下の二回生で、違う大学に通っている。

こちらの大学の学士課程は三年間。友だち作りのための様々なイベントが満載の学生寮は、主に新入生の場所で、二回生以上には騒がしすぎて落ち着かない。僕も二回生で寮を出ることにした。車を持っていないので、キャンパスになるべく近い場所を探した。スチューデント・ユニオンの掲示板で目についた張り紙にあったのがこいつの電話番号だった。その黒々とした手書き文字そっくりのゼイドは、シラフのときは、不平等だの、経済格差だの、新しいソーシャリズムだのと口角泡を飛ばして御託を並べるマルキスト。飲んだくれたら服を脱ぎ出すというのは、もちろん後で判明した。

「こいつ、家に入るときに絶対にここで靴を脱ぐんだ」

ゼイドがニヤニヤしながら、周りに向かって大声で怒鳴る。

「ジャップは家の中で靴を履かない。そのジャップになんか用か?」

僕もニヤニヤしながらそう言い返す。体のゴツさでは全くかなわないけれど、こうして真正面で向かい合うと、目と目が同じ位置にくる。なんだよ、とゼイドがきまり悪そうに視線を逸《そ》らした。僕を怒らせたら、タダじゃ済まないってことはこいつもよくわかっているはずだ。そういう僕も、こいつとはもう一年以上、ひとつ屋根の下。なので、子どもっぽい真《ま》っ直《す》ぐな性格も、意地の悪い言葉遣いで相手の関心を引かずにはいられない寂しがり屋なところもよく知っている。つまり、こいつに「ジャップ」とイジられるのは、甘ったれの弟に「兄ちゃん」と呼ばれているのと同じ。ちなみに、僕は彼の「ベスト・ジャップ・フレンド」であるらしい。それにしても、さっきから、肘の火傷《やけど》の痕が痛むような気がする。ハイスクールのときに嫌なやつとケンカしたときの大きな傷痕。普段はそんなものがあることさえ忘れているのに。

「マット、おれたちと明日のデモ行進に参加しろってば。一回くらいいいだろ？　おまえみたいなのが、一番説得力があるんだ」

ゼイドが裸の上半身で一歩前に乗り出し、僕の腕を摑んだ。

「ああ、もうキモいんだよ、触るな」

「なんだよぉ、黒いのには触られたくないのか」

「黒でも赤でもピンクでも構わないけど、裸で触られるなら、個人的には男じゃなくて女がいいんだよ」

酒臭い息でゼイドが絡んでくる。

「おれのじいちゃんが泳げなかったのはな、黒いのはプールにも海にも入れてもらえなかったからだ。黒いのは「汚ねぇ」って言われてなッ！　マット、おまえも、汚ねぇって思ってんだろぉ〜！」

ゼイドの酒癖が悪いのはみんな知っているので、ゼイド、もうやめろよ、マットを放っておいてやれよ、と僕の背中にしがみついてきたゼイドを寄ってたかって引き剝がした。

「おまえはなぁ、マット、いつもそうなんだ。自分は白でも黒でもねえって言いたいんだろ、おまえら黄色いやつはみんなそうなのか？　ほんとに不気味なやつらだ、文句も言わないけど意見も言わない。そのくせ、人数だけはやたら多い」

人数だけはやたら多い？　それはアジア系全般のことだろうか？　アジア系でもいろいろいるわけで、「黄色いやつ」とか言われても、僕にはピンとこない。ゼイドたちにすれば、白と黒の他は「黄色」か「茶色」になるんだろうけれど、同じ色でも地域と国籍と母語と文化、その他もろもろ、そのどれかがひとつでも違うと一致団結できないのが、グラデーションの多い中間色の特徴かもしれない。それに、こう言っちゃなんだけど、僕みたいな「親が二人とも日本生まれの極東アジア系日本国籍保有者」なんて、こちらの日本人のカテゴリーの中ではごく少数派だ。

「おれは自分の考えは簡単に言いたくないだけだ。おれだけのオリジナルなんだからな。何回も言ってるけど、デモは苦手なんだ。それに、おれは自分の感情を他人にぶつけたり、感情を爆発させて他人に迷惑をかけるのは嫌なんだ。そんなことしたら、十中八九、ロクなことにならねぇって、おまえなんかよりよくわかってんだよ」

マット、ゼイドを放っておいてやれよ。雲行きが怪しいと察知した周囲が、今度は僕に向かって言う。中には、面白がって僕たちのやりとりを見物しているやつもいる。こういう日和見主義者は心底神経に障る。だけど、彼らにももちろん意見はある。ちゃんと、後からインターネットのお気に入りのサイトに好き勝手な書き込みをする。もちろん匿名《アノニマス》で。インターネットはアノニマスの天国だ。

アノニマスたちの忍び笑いを耳にしながら、以前だったら、自分も傍観者気取りであいつらと同じような真似《まね》をしていたかもしれないと僕は考える。でも、二百人の寮生に囲まれていた学生寮を出て、この家を男三人でシェアし始めてからは、このゼイドみたいな強烈キャラと毎日、真正面から顔を合わせなくてはならなくなった。ラウンジとベッドルームが三つきりの築四十年のタウンハウスでは、寮みたいに気の合うやつの部屋で過ごしたり、嫌いなやつを避けたりするスペースもない。

　それに、もう一人のシェアメイト、西オーストラリア州出身のアシュトンは、大学でここへ出てきて、「初めて白人以外の人種を見た」とか。見るからにアングロサクソンで、口を開けば「Ａ《アイ》」のアクセントを連発、車は４ＷＤかユート《小型トラック》に乗っていて、ファーム《農場》に住み、裏庭には特大のＢＢＱセットと回転式物干《ものほ》し竿《ざお》とラブラドール犬、週末にはクリケットかフッティー《フットボール》をやって、パブで「マイト《仲間》」とビールを飲む、みたいな、白人オージーの「基本セット」みたいなやつ。で、正直、ゼイドと僕を最初に見たときも「怖かった」そうだ。そんなモノカルチャーの極みで育ったアシュトンだから、四六時中、巻き舌のアメリカ英語で捲《まく》し立てるゼイドとは相当高い確率で揉《も》める。そんな二人が「おまえとは未来永劫《みらいえいごう》意見が合わねえな」「おまえは大学よりも軍隊へ行け」とか、「外はカッコイイ黒人で、中身は白人のカス！」「外はクールな文明人で、中身はド田舎者のクズ！」とか、愉快にディスり合いながら、最終的にはリスペクトし合っている姿を見るのもここでは日常だ。

「これはおれたちみんなの問題なんだぜ？　おまえなら、今まで身をもって経験してきたはずだろ」

　ゼイドが眉根を寄せた。その下で大きくてまん丸い目が光る。

「あのな、おまえの言う『おれたち《we》』って誰のことだ？　悪いが、おまえの『we』におれのことはカウントしないでもらいたいな。いったん『we』で話し始めたら、『I』でものが言えなくなりそうなのが怖い。おれって、意外に臆病なんだ」

「F**k this shit《クソッタレ》!　おまえの言うことは、いちいちおれたちみんなを逆撫《さかな》でするんだよ！」

「別に、おれ、おまえらに気に入られたいとか思わねえし。それに、さっきから、みんな、みんな、って、『みんな《everyone》』って、誰のことだ？　『みんなの問題』だって言うんだったら、自分の友だちばっかり集めてないで、見ず知らずのやつにも声をかけろ！　おまえらだけで騒いでたって、なんの解決にもならないじゃないか？　デモやってる道路の側でおまえらのことを見ている群衆がどんな顔しているか、気がついてんのか？「相変わらずうるさいやつらだな」って、鼻であしらわれているじゃないか？　おまえらにしたらケンカ吹っかけてるつもりなんだろうけど、あんなふうに一方的に叫ばれたって、他人事《ひとごと》にしか聞こえないんだよ！　わかったら、見てくれだけで、おれを利用するのはやめてくれ」

「おまえを利用するなんて言ってないぞ、おまえも声をあげろって言ってんだよ！」

ゼイドに胸ぐらを摑まれて、僕は黙った。ゼイドは父親がアフリカン・アメリカンで、母親が白人のオージー。母親の血なんか一滴も入っていないように見える。七年前に親が離婚して、父親の国から母親の国にやってきた。ゼイドと弟二人をひとりで育ててくれている母親のことは、この世で何よりも大切にしている。その母親とでさえ、明日のデモの題目「人種問題」はシェアできないと嘆く。親子でも、見た目の違う母親と自分では周囲の反応が天と地くらい違う、親子どころか同じ人間だとさえ思えなくなる、と。

「やめろ！」

デモ隊の二番手みたいなやつが出てきた。彼のあとから、雪崩《なだれ》のように仲間が押し寄せてきて、ゼイドと僕は引き離された。デモ行進をやるだけあって、彼らの団結力は強い。スピーカーの音楽がにわかに大きく響いた。

「殴れよ。どんなに殴られたって、おれは行かないぜ。個人的な感情をぶちまけるのに、集団行動は必要ないからな。おれの感情はおれだけのものだ。おれは『みんな』で大声を出す代わりに、おまえらが『みんな』でデモで叫ぶのを見ながら、政治家を名指ししてツイッターでも投稿するね。全編、キャピタルレター《大文字》で、LISTEN CAREFULLY TO THEM NOW（『みんな』の話をちゃんと聞けよ）って。もちろん本名でな。おまえらはどの政治家に呟くのが効果的だと思う？　白髪頭の白人男性？

それとも、凄腕《すごうで》の有色女性を選ぶか？」

　ゼイドをまっすぐ見据えながら、僕はひとつため息をついた。なぜなら、僕の感情は僕だけのものだとはわかっていても、その感情を表す言葉は結局「みんな」のものだから。つまり、「みんな」の意に染まないことを言ったり、「みんな」の期待を裏切った言葉を使った場合には、こっぴどい目に遭うかもしれないということだ。そう考えると、どうにも不安になってくる。

　ゼイドがニッと前歯を見せて笑う。

「白人以外の男性の政治家さえほとんどいないのに、有色女性の政治家なんて、いていないのと同じじゃないか。見ろ、政治の世界にだってバラエティがない。そのためのデモなんだよ」

　それを聞いて、なるほど、こいつの言うことも一理あるなと考え込む。人種問題がこんなにヒートアップするのは、それが個人の差別体験をこえて、政治や社会階級に関わることだからでもある。ゼイドが、しかし、そのおまえの考えは本当にオリジナルだな、さすがはおれのベスト・ジャップ・フレンドだ、と僕の頭を片手でくしゃくしゃとやる。

　茶番劇で固まっていたラウンジに、また話し声がしだした。明日、本当にデモをやるんだったら、こいつにこれ以上飲ませるなよ、と僕は二番手に念を押して、部屋に入った。

ベッドサイドの明かりをつけて、服を脱ぎ、トランクスだけになるとベッドに横たわった。新婚家庭のディナーで手渡されたのは、宝石箱に似た小さな箱。中には、カフスボタン。金属の土台に、結婚式でジェイクが割ったガラスの破片を樹脂に埋め込んだモチーフがあしらってある。光の加減でガラスの屑《くず》が銀の粉に見える。例の砕けたガラスを加工して、後から記念の品を作るという話は聞いていたが、まさかこんなものにリメイクするとは予想もしなかった。イモジェンが友人に依頼して作らせたとのこと。イモジェンは「最高にオシャレ」だと言い、ジェイクは「おじいちゃんが生きていたら、これと同じものをプレゼントしたかった」としんみりした。

壁の向こうからは、デモ隊の前夜祭の騒ぎがまだまだ続いていて、その反対側の壁からは、アシュトンとガールフレンドの話し声がわずかに聞こえてくる。

ドアが開いて、廊下から細い光が入ってきた。壁の暗がりに人影が立つ。酔っ払いの相手はもうごめんだと僕は唸《うな》り声《ごえ》を上げて、壁際に寝返りを打った。ねえ、と女の声がする。ねえってば。あんた、誰かに似てるって言われない？　と、その声がクスクス笑いに変わる。僕が見たこともない韓国スターだか、聴いたこともないKポップの歌手だかの名前をあげる。ドアが閉まる音。ねえ、と声が近づく。ねえ、と僕の背中の後ろから声は誘う。ねえ、ねえ、ねえ。ウィスキーとコーラの匂いの息。ねえ、ねえ、ねえってば。

「人の部屋に勝手に入るな」

振り返ると、声の主はシャツの胸をはだけている。そこから下品なネックレスがギラギラ光って、安物の香水がムッと匂う。シラフだったら、真っ先に逃げ出したくなるタイプ。

「なにビビってんのよ、大丈夫よ」

そっちこそ何勘違いしてんだよ、こっちはビビってなんかいない、引いているだけだ。

「私、ピルも飲んでるし、リングも入れてるわ。なんなら、モーニング・アフター・ピルも飲むわよ。でもあれって十五ドルもするの。あなたが払ってくれる?」

パーティーに行くとどこからともなく現れるこのタイプとは、避妊するのが常識。ピルだのリングだの自己申告する相手ならなおのこと、ビョーキをうつされるのもゴメンだ。そんなことハイスクールの八年生でも知ってる。朝になったら、化粧の崩れた顔と汚れたシーツが、変な匂いと一緒に真っ先に視界に飛び込んでくるっていうのも、一度でもそれなりのパーティーに行ったことのある男だったら一回生でも知っている。二回生になると、スチューデント・ユニオンのカウンターにある無料のコンドームを持ち歩くようになる。それを使って、またバカな相手とバカなことをしたって、朝っぱらから吐きそうになるのは、特別好きな子も付き合っている子もいない、カジュアル専門の僕みたいな三回生、今年で大学卒業、こういうのはもうまっぴらだ。僕はベッドの上で起き上がった。

「出て行け！　ビ＊チ！」

もう一度ドアが開いて閉まった。

床に脱ぎ捨ててあったズボンのポケットから小さく折り畳まれた紙を出し、仰向けに寝転がったままそれを広げた。イモジェンにカフスボタンの箱と一緒に手渡されたそれには、名前とメアドが書かれている。あちらは僕のことを覚えているという。工業デザイナーの卵で、工科大学に通っている、とのこと。結婚式ではイモジェンのブライズメイド《花嫁介添人》だったというが、揃《そろ》いのドレスを着たブライズメイドは四、五人いた。

紙切れを元どおり小さく折り畳んで、箱の中のカフスボタンの上に載せる。箱の蓋を閉めて、明かりを消した。

わたしの夫になる人へ

サプライズ！　初めてお便りします。

今日、新しい日記帳を買いに行きました。日記はずっとつけています。毎日じゃないけど。かわいい模様のついたもの、きれいな布の表紙のもの、お店に日記帳はいっぱいありました。わたし、文具を集めるのが好きなんです。特に、ノート。何も書いていないページを見ると、何を書こうかなって、いつもウキウキしちゃう。でも、ママに言われたことを思い出すと、どれも子どもっぽく見えてきたし、かと言って、何もついていないシンプルなものは味気なくて、結局買うのをやめました。

というのも先週、わたしは「大人の女性」になったから。これでわたしもお姉ちゃんみたいに、十年後には素敵なアルメニア人の男の人と結婚して、アルメニア人の赤ちゃんを産める、のだそうです。

わたしは赤ちゃんが大好きです。ついこのあいだ、お姉ちゃんが生まれたばかりの姪《めい》っ子《こ》を連れてやってきました。本当にちっちゃくて、手と足もすごくちっちゃくて、ちょっとさわっただけで溶けそうなくらいすごく柔らかい。こうやってボールペンで文字にすると、小さくもかわいくも柔らかくもなくなっちゃうのが残念。
　そうだ、あなたは英語が読める？　もしも英語が読めなくても、大丈夫。わたしがあなたの言葉を勉強するか、あなたが英語を勉強するか、ふたりでまったく新しい言葉を作ってしまってもいい。その方が公平！　でも、今はとりあえず、英語を使います。わたし、手紙を書くだけじゃなくて、何をするにも英語が一番使い勝手もいいし、アルメニア語より数百倍ラクチン。

　あなたは、どんな感じの人ですか？　あなたの髪は何色？　目は何色？　ちなみに、わたしの髪は茶色で、目も茶色です。身長も体重もふつう（五フィートと三インチ、四十七キロ）、特に太っていたりやせていたりしていないっていう意味。顔も、たぶん、ふつう。特にきれいでもかわいくもないです。ただ、鼻が少し高すぎると思う。みんな「そんなことはない」って言ってくれるけれど、この鼻だけは、将来、手術で直すつもりです。だから、あなたに会う頃には、たぶん、ごくふつうの鼻。

お店から家に帰ってきて、机の引き出しに便箋と封筒のセットをいくつか見つけました。去年、結婚して家を出ていく前にアニ（姉です）がくれたんです。わたし、すっかり忘れていました。

さっき、これを使って、日記の代わりに、あなたに手紙を書くことを思いつきました。ちょっとロマンチックかなと自分でも笑っちゃう。

順番がヘンになっちゃったけれど、そろそろ自己紹介。

わたしの名前はアカビ・グリゴリアン。この十月に、十三歳になったところ。未熟児で生まれて、「小包み」みたいに体が小さかった上に、よく病気にもなったので、親が小学校入学を一年遅らせました。家族は、両親と十六歳年上の姉がひとりです。ペットもいます。どこもかしこも塩みたいに真っ白の、猫の男の子「ソルト」。

趣味は、絵を描くことと、チェス、手芸やクラフトも好きで、特に、木工《ウッドワーク》が好きです。木工っていうと、みんな「女の子が木工？」ってびっくりします。あなたは、木工が好きな女の子ってどう思いますか？

実は、友だちはそんなにいないんです。休み時間、トイレにもひとりで行くし。わたしって、ちょっとヘン？　だって、お姉ちゃんにもたまに言われるんです、「学校で女子がひとりで歩いたり、ひとりでトイレに行くなんて、ちょっと変わっている」って。わたし、「変わっている」と言われるのが、一番イヤ。だって、そう言われると、どうにも頭が上がらなくなるから。

将来の夢は……手芸用品の店をするか、それか、デザイナーになりたいけれど、お姉ちゃんの赤ちゃんを見たら、保育士もいいなと思い始めました。

もうすぐ、シドニーからメルボルンに引っ越しするんです。パパは建築士で、アルメニア人の友だちに誘われて、メルボルンにできた彼の新しい設計事務所を手伝うことになりました。夜になると、ママが泣きます。ママにとっては、ここのアルメニア人の友だちは、ほとんど親戚のようなものだと言います。わたしも、小さい頃から、毎日ママの友だちの家とを行ったり来たりしていて、そこの子どもたちとはほとんどきょうだいです。

あちらで通うハイスクールは、パパとママが決めました。私立の女子校だそうです。土曜日には、アルメニア語の補習校に通うつもり。実は、アルメニア語はもうおしまいにしたいなと思っていましたが、パパとママはなんとか十二年生まで続けてほしいそうです。二人ともアルメニア語とロシア語が話せますが、ロシア語の方が断然強くて、わたしにはロシア語で話しかけます。わたしは親には英語で答えます。わたしもチャイルド・ケア《託児所》に行くまではロシア語が話せたそうですが、キンダー《幼稚園》に通い始めたころにはほとんど英語で話すようになったそうです。今では、ロシア語は何を言っているかはわかるんだけど、全然話せません。あなたは、何語で話すときが一番自然ですか？

本当はシドニーを離れたくない。だって、わたしはここで生まれて、ここで育ったんだもの。これからも、ずっとここで、家族と「親戚」と「きょうだい」と一緒に暮らしていくんだと信じてた。だから、メルボルンに引っ越しするのは、きっとあなたに会いにいくためなんだと思います。

あなたは、どこで生まれたのですか？　どこで育ったのですか？　アルメニア？　オーストラリア？　もしかして、アメリカ？　それとも、他の国？　あなたの名前は何ていうの？　ロシア語の名前？　英語名？　それとも、その他の名前？　早くあなたの名前を知りたい。早くあなたの名前を呼びたい。

これからも、ときどき、お手紙を書きます。

あなたに本当に会う前に、本当に話したいことはぜんぶ忘れちゃいそうだから。あなたには、わたしのこと、ぜんぶ知っておいて欲しいんです。だって、わたしの夫になる人だもの。でも自分を知られるのって、なんだか怖い。だって、あなたに嫌われたくないもの。

じゃあ、また。

アカピ

おまえなら、もっと割のいいバイトがあるはずだとみんなに言われる。日本語のチューターー、日本人観光客相手のツアーガイド、日本語の話せるホテルのコンシェルジュとか。そうかもしれない。全部、「日本人」か「日本語」という得意技を利用した仕事だ。チューターだと最低でも、一時間四十ドルはもらえる。ツアーガイドやホテル勤めでも、時給十五ドルというのは考えられない。得意技といっても、基本、日本語は家の中だけ、家族としか使わない。その家族とも、今ではオーストラリアと日本で別々に暮らす。

僕は小学生のとき、父さんの転勤で家族とこっちにやってきた。といっても、「やっぱりお母さん、日本でしか生きていけないの」と、母さんは途中から日本に帰ったし、姉貴はその母さんよりも先に東京の高校に通うために日本に帰っていた。以来、僕がハイスクールの寄宿舎に入るまで、ずっと父さんと僕の二人暮らしだった。

今は父さんとも離れ、日本語で話すことはめったにない。読んだり書いたりとなると、もっと限られている。それこそ、母さんと姉貴からのメールとか、母さんが送ってくる荷物の中にときどき入っている、姉貴のマンガとか。それも、読めない漢字が多いから、絵だけで読み流している。マンガのすごいところは、読めなくても読んだ気になるところだ。

「Hi, ladies. Have you decided what you're having?（ご注文はお決まりになりましたか）」

先ほどから年配の女性が二人、店の前にある丸テーブルに腰掛けている。顔立ちや話し方はよく似ているのに、意見は合わないようで、なかなか注文が決まらない様子だ。迷いに迷った挙句、それぞれカプチーノとラッテをオーダーして、こっちをチラッと見た。あなた、ここの学生さん？　僕の返事を聞くと、それ以上話しかけてこない。最近では、このオージー・アクセントのおかげで、最初からこっち生まれのこっち育ちになりすますことだってできる。でも、自分で自分を裏切っているみたいで、後ろめたい気もする。

メニューを下げて、エスプレッソ・マシーンの前にいたオーナーがミルクを温めるのを眺めた。今の大学は、留学生なしでは経営が成り立たないんですってね、留学生って現地生の何倍もの学費を払うんですって。そうなの？　そりゃ、いいお客さんよね。大学に行くのを諦める若い子が増えてるっていうのに、いいご身分だこと。そうよ、この辺りなんか留学生だらけ、ごらんなさいよ、一体ここはどこの国って感じじゃない？　「加齢性ゼノフォビア《外国人嫌い》」たちはそんなふうにヒソヒソやり出した。今、この人たちの目に留学生として映っているその半数以上が、僕みたいな地元のハイスクールを卒業した現地生だと言ったら、どんな顔をするだろう？

カプチーノとラッテを女性たちの前に置く。どうぞごゆっくり、と僕が声をかけると、僕を見上げたどちらの顔にも「私たちの言葉を真似するのは構わないけれど、でも、それ以外の真似はあなたにはムリね」と書いてある。

シンクでミルク沸かしを洗った。確かに、これは誰にでもできる仕事かもしれない。なんの技術も資格もいらない。だけど、得意技を生かした仕事となると、それなりにお金もいい代わりに、ハイスクールの「エイジアン5《ファイブ》」のクラスを思い出してしまって、釈然としない。アジア系《エイジアン》が得意な五科目といえば、数学メソッド、専門数学、化学、物理、それからイングリッシュ・ランゲージ（一般英語《ジエネラル・イングリツシユ》よりシンプルな英語、内容は主に文法の理解）。

　記憶のなかの「エイジアン５」の教室は見渡す限りアジア系。アジア系って、遺伝的に生まれつき頭がいいって思われている。字がキレイで、計算も速くて、何をやらせても飲み込みが速いとかなんとか。でも、アジア系の生徒がこっちの学校で成績がいいのは、家で「いい大学、いい仕事」と繰り返す親に「計算ドリル」とか「オンライン夏期講習」とか、こっちの子どもがやらないことをいろいろやらされているおかげでもある。その上、親が移民一世だったりすると、子どもへの期待はハンパない。勉強も習い事も一家総出で叱咤激励《しったげきれい》。当の本人たちも、それはよくわかっているけれど、涼しい顔して、「こんなの楽勝」「ザマアミロ」とか思ってる。おかしな話、どんな嫌がらせにあっても、そのねじれた優越感だけで持ち堪《こた》えているやつだっていた。

「マット、今日はもう上がっていいぞ。お疲れ」

　オーナーがウィンクをして、紙に包んだチキンロールを僕に手渡してくれた。いつも、こうやって残りもののパイやパスタなどをもらえるので、それを夕食がわりにする。礼を言って、エプロンを外し、荷物を肩に担いでトラムストップに向かった。

人には言わないけれど、実は、割のいいバイトなら、ときどきやっている。今日も、これからその仕事。

店を出て歩き出すと、僕はカフェの店員ではなく、ただの通行人になる。この瞬間、僕はリアルな匿名の天国に踏み出す。街角には、様々な人種、言語、文化が溢れている。だから、こうやって歩くだけで、誰にでもなれる。何の役でもできる。この街は僕のステージだ。

「もっと、日本人らしく話してくれないか？　それじゃあ、まるでオージーだ」

本日は、ショートフィルムのちょい役で、主役が通うスシ・スタンドの店員の役。これぞ、得意技中の得意技を使った仕事だと自他ともに認めざるをえない。他にも、旅行代理店のポスターやパンフレットのモデル、日系企業のコマーシャルフィルムなど。日本語教材の録画や録音なんてオファーもくる。

「こんなに短いセリフなのに？」

僕が苦笑いすると、ディレクターは真剣な表情で、短いセリフだからこそ、インパクトが必要なんだよ、一声でジャパニーズってわかるようにね、頼むよ、と首を振る。ゼイドによると僕の英語は「白い」。オージー・イングリッシュというのは白人の話す英語《ホワイト・イングリッシュ》が基本で、アフリカン・アメリカンである自分の話し方は「黒い」。たとえば、電話に出るとき、声や話し方を変える人がいるけど、ゼイドの場合は不本意ながら「色を変える」という。相手が家族や友だちならともかく、実習先やインターンシップの担当者の場合は、就職にかかわることが多いからだ。見た目だけじゃなくて言葉まで色で差別されると、ゼイドはことあるごとに猛烈に怒る。あいつが怒鳴り散らしたくなるのもよくわかる。僕は父さんの「黄色い」英語をマネしてみた。

「パーフェクト！　それで行こう！　よし、本番まで五分間休憩」

ディレクターがプレイバックでさっきの場面をチェックする。テスト・ランで撮った自分の姿に、「こりゃなんだ？」と思わず笑いそうになる。変な法被《はっぴ》みたいなのを着せられて、その上からエプロンをかけさせられている。鉢巻の代わりにヘッドバンド。仏像をかたどったアクセサリー。どうやら、即席のウソくさい「ダイバーシティー」にステレオタイプは必須アイテムであるらしい。それも、誰にでもわかる、超レトロなやつ。そのうち、「フジヤマ」「ゲイシャ」「カミカゼ」なんてセリフを言わされるかもしれない。しかし、毎回こうやって、ディレクターのリクエスト通りの、こっちの人が崇《あが》める「ステレオタイプ」で観衆を満足させているのかと思うと内心イライラしてしまう。「これは仕事、お金をもらってるんだ」と言い聞かせて、言い逃れをしている自分自身については、もっとイライラする。

まあ、ステレオタイプほどわかりやすく、便利なものはない。特に目に見えるステレオタイプほど使い勝手のいいモチーフはないと思う。それに、皮肉だけど、ステレオタイプを批判する人ほどステレオタイプであることが多い気がする。自分がステレオタイプだから、自分とは異なる他のステレオタイプに我慢がならない、みたいな。それとも、こっちの人を満足させるこういうステレオタイプをめっきり見かけなくなったから、自分の手でよみがえらせようとでもしているんだろうか？　この人は、いろんな意味で良性の強迫性ゼノフォビアだ。そんなふうに呆れつつ、もし、こんなステレオタイプが人々の願望として残っているなら、アシュトンの言うことにも一理あるなと考え込む。「あのさ、やっぱおまえらフツーにウザいんだよ、こんなこと言っちゃ悪いんだけどさ。人の国に自分たちのやり方をそのまま持ち込んで、やりたい放題のくせして、自分たちに都合が悪くなると、不公平だとか差別だとかいちゃもんつけて居直るっていうかさ」。

「Hi, what would you like? 8 dollar. Thank you!（お客さん、なんに、しますか？　八ドル。ありがと！）」

僕はそう呟くと、紙コップの水を飲んだ。

「マット！　本番！」

ディレクターに呼ばれると、僕は法被もどきを着直して、スシの並ぶセットの前に戻った。

「お客さん、なんに、しますか？　八ドル。ありがと！」

「カット！」

法被もどきを脱いで、仏像のアクセサリーを外す。バイトだと割り切らないと、とてもこんなマネできない、日本人の役をやるときは、いつまでもこういうのに付き合うしかないのかな、と思いながら。

僕の小学校の頃のあだ名は「スシ」。そう呼ばれるのがイヤで仕方なかった。ハイスクールにあがってからも、外でスシを食べるときはクラスメイトや友だちに見られていないかどうか確かめてから食べた。今は、日本人に見られていないかどうか周りをすばやくチェックする。寿司《すし》や刺身をコーラやスムージーを飲みながら食べるなんて、「オージー」なら当たり前でも「純ジャパ」の僕には許されない行為だと後ろ指をさされそうだ。

最近では自分のことを日本人としか見てくれない周囲には諦めがつきかけている。そんな自分自身についても嫌気がさしている。大学に入ってからも、日本からの留学生はたいていの場合、僕が日本人だという理由だけで近づいてくる。僕の方では、そんな留学生たちにはできるだけ近づかないようにしている。「ジャパン・クラブ」とか「カラオケ愛好会」なんてのに入るのも以ての外。僕は、「日本人」とじゃなくて、「僕」と友だちになりたいやつと友だちになりたいだけだ。正直、親にお金を出してもらって、エージェントに何もかもお膳立てしてもらって、堂々と「留学」しにくるやつらと一緒にされてたまるかと内心腹が立つこともある。でも、あいつらのなかの誰かが、キャンパスでひとりぼっちでいるのを見るのは、自分の姿を見ているようであまりいい気がしない。

「次回もよろしくお願いします」

たたんだ衣装とアクセサリー類をテーブルに置いて、ディレクターとスタッフたちにそう挨拶した。お、マット、またな！　と全員が手を振って見送ってくれた。中には、ペコペコとお辞儀をする人もいる。日本人のモノマネをしているつもりらしい。僕も彼に付き合って軽く頭を下げる。でもお辞儀のあとに両手を合わせて拝むような身ぶりをするような人には、同じ身ぶりで挨拶をし返していいものかわからない。

ハイスクールの恩師の勧めで、映画のエキストラに応募したのが始まりで、気がついたらモデル・エージェンシーから声がかかるようになった。それ以来、この人たちには、何かと世話になっている。お金をもらえなくても、この人たちに頼まれたら、僕はなんの役でもやると思う。

撮影現場のリッチモンドから、メルボルン・セントラル駅に帰ってくる。

ここは、昼間の時間帯はアジア系の留学生を含む若い学生で溢れている。黒髪以外の方が目立つくらいのこの場所は、大学の仲間内では通称「エイジアン・セントラル」と呼ばれている。しかし、夕方のこの時間帯ともなると、地上と地下を結ぶ数本のエスカレーターで人種のサンプルを流し見することができる。

地上に出て乗り換えたトラムが、大聖堂前で停車した。両開きのドアが、巨大なゴシックの建物の前でぴしゃりと閉まる。そのドアのガラスに自分が映っているのが見えた。――外は黄色で中身は白色の「バナナ」？　タピオカティーを飲んだこともカラオケに行ったこともなくて、白人でもないのにまるで白人みたいに振る舞う「白塗り《ホワイト・ウオッツシュド》」？　羊みたいに大人しくて礼儀正しいけど、あとから必ずクレームをつけてくる「ジャパニーズツーリスト」？　それとも、例によってオーストラリア兵を殺しまくった憎たらしい「ジャップ」？　外見と中身が一致しないと、どこに行っても疲れる。

何気なくスマホを覗《のぞ》いた。新着メールが三件あった。

理学部数学科オフィス　「三月十六日『数学特講Ⅳ』の休講のお知らせ」
ポートランド・レジャーセンター　「スカッシュ・コートの予約確認—自動送信—このメールには返信しないでください」
アビー・グリゴリアン　Re：「ベストマンのマットです」

休講？　授業があろうとなかろうと、担当教官がいようといまいと、数学の好きなやつらときたら、大教室のホワイトボードに数字が並んでいるのを見つけた日には、飴玉《あめだま》にたかるアリのように集まってくる。今週末はハイスクールでペアを組んでいた友だちと、スカッシュをする約束だ。ん、これ、誰だっけ？　ああ、昨日、連絡した子か。

「ハイ、マット。メールをありがとう。イモジェンの友だちのアビーです。カフスボタンを気に入ってもらえたようで、嬉《うれ》しいです。あなたに相談があって、イモジェンにわたしのメアドをあなたに伝えてもらうようお願いしました。マット、わたしが手伝っている人形劇団で、声の出演をやりませんか？　人形劇はイモジェンが働いている小児病院で二ヶ月に一度、有志のボランティアが出張して公演しています。興味があるようでしたら、お返事ください」

人形劇？　声の出演？　その場で返信する。

「ハイ、アビー。返事するのが遅れてごめん。人の劇はやったことがあるけれど、人形劇はやったことがないんだ。それで、声の出演って？」

発車を知らせる鐘が鳴った。返信の返信がきた。

「人の劇と人形の劇はまったくの別物。人形には人間のできないことができるの」
「結婚式のあなたのスピーチ、とてもよかったわ。それに、深くていい声」
「もしよかったら、今度の日曜日、一度、小児病院の公演を見に来ませんか？」

鐘がもう一度鳴って、停車していたトラムが夕闇のなかで前進する。ハイスクールでは演劇《ドラマ》の授業をとっていた。スクール・プロダクションのミュージカルにも何度か出た。大学に入ってからも、夏休みごとにパフォーミングアーツ《舞台芸術科》の公演の裏方を手伝っている。劇と名のつくものだったら、僕はなんでも首を突っ込みたくなる。

「OK。日曜日に。M」

ハビーへ

あなたの名前をまだ知らないので、こう呼びます。いいですか？
だって、「ハズバンド」そのままだとよそよそしいし、無難に「ダーリン」だと、結婚二十年のお疲れモードの夫婦を想像してしまうでしょ？

メルボルンに来て、一年。都会って、どこも似たようなものだと思っていたんですが、ぜんぜん違う！
第一に、どうしてこんなに寒いの!?　ちなみに、今日の最高気温は十五度。シドニーは二十六度。

でも、寒いのは嫌いじゃないです。雨もこちらに来てから好きになりました。

こちらの雨は「シャワー」が多くて、突然いきなりザーッと降ってすぐに止《や》むことがほとんどです。ごくたまに、「レイン」もあり、それは、しとしとと降り続く、細長い雨です。レインのときは、トラムに乗るのが楽しみです。運転席の近くのひとりがけの席に座るのが好き。濡《ぬ》れたアスファルトの上に銀色のレールがさらりと延びているのは清々《すがすが》しいし、ドアの近くの立ち乗りシートだと、窓から雨の匂いがしてきます。タウンホールの時計台や議事堂前の階段は、雨が滲《し》みると色が濃くなり、しっとりしていい眺めです。


学校はまあまあ楽しいです。仲のいい友だちもできました。

うちの学校は特にお勉強ができるとか、お金持ちだとかじゃありませんが、お上品でしつけが厳しいことで有名らしいです。それに、ガールズ・サブジェクト（女子に人気の科目、美術や音楽、家庭科、言語など）については、先生も多いし、設備も整っているし、サポートも万全だそうです。パパもママも「バンディ《小包み》（家でのわたしの呼び名）はアーティー《アーティスト》だから、あの学校がぴったり」と言っていますが、本当のところは違うと思う。

なので、周りのハイスクールの男子は、うちの学校の生徒をガールフレンドにすると、とってもポイントが高いみたい。「オレのガールフレンドはミドルトン」って、ネットで自慢するらしいです。

そうは言っても、学内は別。クラスメイトの中には、もうパートナーがいる子もいます。少数だけど。今から、憧れの上級生とやりとりしたり、遊びに行っている子もいます。上級生同士になると、けっこう本気なカップルも多いみたいです。「ストレート」の人たちは、他の学校の男子と付き合う人もいます。


それにしても、「アルメニアってどこ？」ってまた訊《き》かれました。入学してから、このゴツい苗字《みょうじ》のおかげで（ファースト・ネームは通称名の英語名を使っています。「変わった名前」って「変わった子」よりも先に来て、いきなり疲れる原因になるから）、あなた何人《なにじん》とか、どこの名前とか、一体どこの国から来たのかとか、再三訊かれてきました。でも、アルメニアを知っている子はただの一人もいません。

アルメニアってかなりマイナーな国だってわかっていたけれど、今まで、わたし、ずーっとアルメニアのコミュニティーみたいなところで育って、オーストラリアにあるアルメニアみたいなところに住んでいたせいか、あまり、そのことを意識していませんでした。シドニーでは「変わった子」だったかもしれませんが、今は「変わった国の子」です。

いずれにしても、「変わった子」も「変わった国の子」も頭が上がりません。一度でいいから、「ふつうの国のふつうの子」になってみたい。「ふつう」になってみたい。でも、わたしからすれば、ふつうの人なんか、どこにもいない。どの子もどの人も変わっています。みんな、ふつうじゃありません。だって、見た目にしろ、みんな違う顔だし、違う歩き方だし、違う声で違う話をするんだから。だけど、みんな、自分だけはふつうだと思っているんです。それに、「変わっている」よりも「ふつう」のほうが偉いっていうのが、暗黙の了解。

わたしは、アルメニアに行ったことがありません。あなたは、アルメニアに行ったことがありますか？　もしかして、アルメニア生まれのアルメニア育ちですか？　もしそうだったら、オーストラリアで生まれ育ったわたしのことを、アルメニア人だと思いますか？　パパは「アルメニアに住んでいなくても、アルメニア人として生きるのがアルメニア人、アルメニアがピンチになったら、世界のどこからでもアルメニアに駆けつけるのがアルメニア人だ」と言います。わたしも、そうするんでしょうか？あなたはそうしますか？

もちろん、わたしの両親が、わたしを生まれたときからアルメニア人の娘として育てているのは、よくわかっています。わたしにとって、あの人たちの娘であることは、何よりも大事なことなんです。わたしは家族なしに生きてはいけないし、家族はわたしの一部です。

でも、ちょっとしたこと、たとえば、わたしがチェスの試合で勝ったりすると、「やっぱりおまえはアルメニア人だ」と、すぐにアルメニアに結び付けようとする。最近、そういうのがイヤでたまらないんです。アルメニアではチェスが盛んなのは知っていますが、わたしがチェスを覚えたのは、小学校のチェスクラブです。と言っても、そこはアルメニア語と英語のバイリンガル・スクールだったけれど。姉もチェスをしますが、彼女にはそんなことは言わなかった。アルメニア生まれでアルメニア育ちの彼女は、デフォルトがすでにアルメニア人だからだと思います。こちら生まれのわたしに対しては、小さいころから折に触れて、今では何かにつけて、わたしが「アルメニア人」だということを強調しておかないと、安心できないのかもしれません。デフォルトがオーストラリア人、だから。

パパとママがわたしにアルメニア人と結婚してもらいたがっているのは、いいえ、アルメニア人としか結婚を許さないつもりでいる理由も、よくわかっています。わたしのひいおばあさんは、あのジェノサイドの数すくない生き残りでした。だから、わたしたちは、純粋なアルメニアの子孫をなるべく残して、アルメニアのカルチャーを存続させなければいけない。わたしがアルメニア人と結婚して、百パーセントアルメニア人の赤ちゃんを産むことは、わたしの家族の中ではふつうで暗黙の了解。だけど、同年代のアルメニア人男子なんて、周りにいない!

今、わかっていることは、わたしは女だということです。
それに、あなたは「彼」だということ。アルメニア語には「彼」と「彼女」の区別はないけれど、わたしが英語で呼びかける「YOU《あなた》」にも性別はない。でも、あえて、わたしの将来のパートナーになるあなたは「彼《he/him》」。
だって、あなたのこと、もう「ハビー」と呼んでいるんですから。

では、また。

アビー

ホワイトボードに群がる学生たち。教卓には、宅配ピザの空箱とコーラの空き缶。階段状の座席には、誰かが脱ぎ捨てた上着や充電の切れたラップトップ。現在、午後六時。もうすぐ警備員がやってくる時刻だ。

今日も教官が帰ってから、例によって残った連中でホワイトボードを囲んでいた。途中、腹が減ってきたので、みんなでピザをオーダーして食べた。

こんな数学オタクの熱気の中で、時折、窓の外をぼんやり眺めたりするのは僕だけだろうか？　物理でなく数学を選んだのは、理性の使い方というか、このなんともいえない純粋な感じが気に入ったまでのこと。

僕は数学者には向いていない。「ピタゴラスの定理」には率直に感動するけれど、数々の証明も、時と場合によっては言い訳に聞こえてしまう。以前、「数学は、国籍や言語を超える」って言ったやつがいた。それは確かに合っていると思う。国や言葉が違っても、わかり合えるし繋《つな》がることもできるかもしれない。なぜなら、目に見えないことを見えるようにするのが数学だから。だとしたら、数学は立派なコミュニケーションの言葉といえる。でも、数学するやつだけでわかり合って、繋がって、数学やらない人は圏外？

「本日はここまで！」

ホワイトボードのまわりから、学生たちがぱらぱらと離れていく。全員それぞれ荷物を抱えて、施錠に来た警備員の脇から教室の外に出る。廊下で再び大きな群れになって、口々にいろんな数式を口にしながら。僕は群れから離れると、階段を駆け下りて、並木道を突っ走った。ちょうどやって来たトラムに飛び乗った。

トラムの窓には、スーツケースを引いて一列に歩く観光客たちが映っている。店先のショーウインドーには、ウサギのぬいぐるみや卵形のチョコレート。卵やウサギは子孫繁栄や生まれ変わりのしるしだそうだ。立ち乗りシートにもたれかかると、肩からリュックサックを下ろし、右肩が紐《ひも》で綴《と》じられた台本を取り出して開く。

イースター・マンデーに、僕は人形劇デビューすることになった。


「歳をとったんで、もう働けないと主人に追い出されてしまった」

僕がセリフを言う。人形遣いが舞台の下からロバの首を上げ下げする。

「そんなに揺らさないで。それから、ポジションももう少し、中央からずらして。そこにはすぐイヌがやってくるからね」

「ロバは、首と頭だけで話さない。もっと全身で話して」

動かない人形は人形劇ではない、と団長のカールさん。人形は動作で語るというのが彼の持説で、セリフはあくまで補助。その動作も、彼の指示で最小限に抑えられる。

「イーデン、まだロバがセリフについて行っているよ。それから、マット。ロバをもっとよく見て。言葉を話さない動物のジェスチャーは、すべて言葉と同じ。セリフと人形の動きのタイミングにもっと気をつけて。ロバはまず考える。次に動作。最後にセリフ」

人形と声のタイミングがなかなかうまく合わなくて、同じシーンを何度かやり直しさせられる。

「いくつかの動作を、ひとつのセリフにまとめてごらん」

ロバは棒で操るロッド・パペット。テーブル状のオープンステージの下から三本の針金に似た金属の棒で支えられている。そのあいだ、人形遣いは両手を空中に上げっぱなしで、苦しい体勢が続く。今日はフル・リハーサルで、照明や音楽も本番と同じセッティング。地元のコミュニティーセンターから無償で借りている広々としたスペースは、元は古い教会だそうだ。ステージを囲んで、あちらこちらで最後の調整をする物音や人声がしている。人数はいつもの倍、活気と熱気は倍以上だ。

「イーデン、セリフを待たない。マット、人形が動く前にセリフはこない」

ロバはメインキャラクターの一つで、幕が上がってすぐにアクションしなければならない。つまり、火付け役というところらしい。

「マット、もっと、ロバらしく」

もっとロバらしく？　こんなに短いセリフで？　そこで、ショートフィルムのディレクターに言われたことを僕は思い出す。「一声でジャパニーズってわかるようにね」。しかし、あれとは何かが根本から違う。

「すみません。今の動き、もう一回見てもらってもいいですか？」

ロバ担当の人形遣いのイーデンがステージから頭を出した。もちろん、とカールさんがうなずき、僕は十分間の休憩を言い渡された。初めて見たとき、あんなに楽しそう、声だけでもいいからやってみたいと思ったのは、それがまるで人間の劇の台本にある「ト書」を演じているような、とても自然な動きだったからに違いない。

水筒の水を飲んでいると、アビーがどこからともなく現れて、僕と並んで壁にもたれた。見学に行った公演で会ったときに、最初の挨拶を交わしたあと、「結婚式でもう会ってるはずよね？」「だよな」「じゃあ、久しぶり」「そっか」と、彼女は僕のことを覚えていたのに、僕が彼女のことを覚えていなかったことが気まずくて、なんとなくギクシャクしてしまった。そのあとも、まるで大学入学したてのオリエンテーションみたいに、「おれのことはhe/him（彼）で呼んで」とか、「好きな音楽はナインティーズ《九〇年代》でフッティーはセント・キルダのサポーターよ」みたいな基本情報を伝えあっただけだ。あれからしばらく経《た》つ今も、こうして週に一回顔を合わせていても、この子とはなんとなくかみあわないというか、身がまえてしまう。

今夜の彼女は、着古したボーイッシュなシルエットのブルージーンズに、キャンバス地の赤いスニーカー。新品を買わない主義のサステイナブルな装いは、僕らのキャンパスでも主流になりつつある。彼女はその最先端をいっていて、それがよく似合う。古着を着こなすのって案外難しい。ふつうに着てもぜんぜんオシャレに見えない。この子は一体何が違うんだろう？

「演劇だったら、全身で『ロバ』になるところなのに」

「ロバになるのはあなたじゃないわ」

「じゃ、人形遣いの人？」

「人形遣いは、人形を動かすのが役目」

やっぱ、なんか調子狂うんだよな、この子、と僕は焦り始めた。この子が相手だと、言葉がぽきぽき枯れ枝のように折れて、なかなか会話につながらない。前回のリハでは、僕が話しかけようとしたとたんに、どこかへ行ってしまった。よほど慎重に近付かないと、すぐに逃げられてしまう。

舞台裏では私語は一切禁止。咳《せき》もくしゃみもNG。人間の実際の会話で、虚構の世界を壊してはいけない、とカールさんに言われたことを思い出す。僕らはロバが行ったり来たりする舞台の裏から少し離れた脇に移動した。

アビーが人形遣いではなく、人形の制作者だと知ったのは、リハに参加し始めて数回たった頃だった。リハ中、自分の作った人形をあちこちから観察したり、持参の「修理キット」で調整したりする。動きの激しい人形は、リハの後、メンテや修理のために家に持ち帰る。

「人形は人の体と違って筋肉でつながっていないでしょ？　だから、前の動作と次の動作をうまくつながないと、ロボットみたいになってしまう。しかも、動かないで立っているだけでも、ちゃんと命があるように見えないといけない」

ロバがくるりと向きを変えて、舞台の反対側に歩き出す。そう言われれば、あのロバはどこへ行くのか全く予想がつかない。ロバの顔がなんとなく不安げに見えてくる。

イーデンも僕と同じで劇団に参加し始めてからまだ日が浅い。

ステージの後ろでは、出番を待っているイヌとニワトリが駆けたり、跳ねたりしていた。こちらは、ベテランの人形遣いたちが動かしている。セリフのないところでは、人形遣いのジェスチャーがそのまま人形に伝わっているように見えた。

「あれって、ダム・ショウ《黙劇》みたいだ。シェイクスピアの劇なんかに出てくるやつ。マイムにもちょっと似てる」

「マイム？」

「そう。セリフがなくて、身振りだけで表現するんだ。ハイスクールのドラマのクラスでしょっちゅうやらされた。鏡の前で、こうやって。まずはリラックス。どこにも力を入れてはいけない」

　いったん体の力を抜いたあと、両手を伸ばし、首を伸ばしたり垂らしたりして、ロバの動きを再現する。マイムの動作にはひとつひとつ意味がある。体全体を使って、すべてのジェスチャーを感情に繋げろとも教わった。ミュートの中、何かを伝えるというよりは、何かの正体が現れ始める気配、そして、それが自分の正体とも重なる身震いしそうな瞬間、独特の、ゾッとする感覚。

「あなたは、人形を動かすよりも、自分の体を動かす方が得意みたい」

「ダンスは恥ずかしくて苦手だったけれど、マイムは好きだったんだ。言葉に縛られない分、すごく解放的になれる」

僕らがそんなふうに話していると、どこかで誰かが呟くのが聞こえた。

「人間の言うセリフと人形の言うセリフは違うのさ」

ベテランの人形遣いのロドリゴさんが、ネコを座らせている。気品のあるその座り姿は、本物の猫以上にネコを神秘的な動物に見せていた。

「人間の劇の台本を書く人が、人形劇の台本を書けるとは到底思えないね。言葉に頼りすぎるんだよ」

ロドリゴさんが、こちらを見た。

「マット、きみ、マリオネットを触ってみる？　マリオネットだったら、遣い手も人形と一緒にステージに立てるよ」

それを聞いて、アビーが初めて僕に笑いかけた。

「あなたのパートナーはどんな人？　なんなら、動物でもいいわよ？」

ハビーへ

前のお手紙からそんなに時間がたっていないのですが、お話ししたいことがあります。

今日、学校で、またもや「ウェルビーイング」のクラスがありました。

前回は、巨大スクリーンに「セクシャル《性》・インターコース《交》」の画像がバーンと出て、性教育専門の先生《セックス・エデュケーター》が、人間の生殖器の模型を前に、長々と、淡々と、「人間の交尾」が何事か、運がいい場合、もしくは運が悪い場合にはその結末はどうなるかということを、避妊具の使い方や、避妊薬を手に入れる方法と共に力説していました。

今日は、女性の画像を何枚も見せられました。女性の肉体、と言ったほうが正確かも。雑誌の切り抜きとか、インターネットの広告、ミュージック・ビデオ、アニメなどもありました。バストや下半身に焦点を絞ったもの、水着姿、下着姿、裸など、様々です。なんの説明もなしで、画像だけを連続で見せられました。

初めのうちは、「なあにこれ?」とクスクス笑いが聞こえていたんですが、そのうち、「ムカムカする」「イヤ!」「もうやめて」という声が聞こえてきて、だんだんそれが悲鳴に近くなっていきました。「いい加減にしてっ!」とゲニラが立ち上がって、マルティーナがボールペンをスクリーンに向かって投げつけたとき(彼女はいつもは恥ずかしがり屋でものすごく大人しい子です）、スライドはおしまいになりました。一瞬ホールが静まり返って、そのあとしばらく騒然となりました。先生たちの平然とした様子を見ていると、生徒たちのこの反応は予測済みだったようです。

やっと騒ぎが静まって、先生が先ほどの画像の感想を生徒たちに尋ねると、「ふざけないで！」「バカにするのも休み休みにしてよ！」「私たちはオブジェクト《モノ》じゃないわ！」と、非難の嵐。怒りで泣き出す子もいました。

確かに、あれはひどいと思います。ああいう写真やイメージが巷《ちまた》に溢れているなんて、うんざりしてきます。モノとしての女性を、男性は隠れて熱心に見て、その上、慰みものにまでして、女性はそれを見て見ぬ振りをしなければならないなんて、おかしいんじゃないでしょうか？　でも、仮にあの画像が男性であっても、同じことになるんじゃないかと、わたしはちょっと思ってしまいました。女がやられてイヤなことは、男がやられてもイヤなはず。逆に、男がやられてイヤなことは、女がやられてもイヤ。ただ、それだけのことだと思う。男だとか女だとかの問題じゃなくて、人としての問題。

だって、女子だって、グッド・ルッキングの男子のことは、性格も人柄も完全にスルーして、すぐ追いかけ回すじゃないですか？　遊びに行くのも、お金か車を持っていそうな子を選んだりするじゃないですか？　デビュタントのダンスパートナーにしても、背が高くてスマートな見栄えのいい男子に申し込みが殺到するじゃないですか？（たまにマッチョなのが好みの子もいるけど。）だから、そういうのを全部ひっくるめた、俗にいう「ホット」な男子のことは、女子だってモノみたいに扱っているのでは？

そして、授業の最後には、例のセックス・エデュケーターが「わたしたちは、パートナーと性交渉を含んだ交際をするときにも、おたがいが人間であることを忘れてはいけません。性交渉の前にはおたがいにコンセント《同意・承諾》しあっていることが大前提、性交渉の間でも、どちらかが恐怖や不快を感じたら、直ちに中止すること」とスポーツ選手のように宣誓。

そのあと、またゲニラが立ち上がって、「じゃ、キスはいいけど、胸を触られたくなかったら、途中でも相手にそう言ってもいいんですか？」と訊きました。すると、ミセス・スールがセックス・エデュケーターからマイクをひったくって、「もちろんです！　胸を触られるのはＯＫでも、パンツの中はイヤだったら、直ちに相手にそう言いなさい！」と顔色ひとつ変えずに答えたので、大爆笑になりました。

でも、わたしの隣に座っていたレイラが、「女子だけで盛り上がって、バカみたい」とボソリと言ったのを耳にして、ハッとなりました。ジャーナリスト志望の彼女は、こうも言いました。「胸に触るとか、パンツの中とか騒いでるけど、フレンチ・キスを一回するだけで、相手の唾液の中の何万ものバクテリアが口の中に入るんだよ」。レイラはそう言って自分一人で大笑いしていました。ちなみに、「長く付き合っているカップルの口の中は、おたがいに同じようなバクテリアでいっぱい」だとか。

正直なところ、わたしは、あなたに触ってみたい。まだ顔も知らないうちから、あなたに触ってみたくてたまらない。だって、あなたに触れるまでは、どんなにたくさんの言葉を並べても、あなたのことは何ひとつ知らないまま。あなたと実際に知り合うまで、触れ合うまで、わたし、自分が誰かもわからないままだと思う。だって、あなたを知ることは、あなたという人を選んだわたしを知ること。わたし、あなたにわたしのことを知られるのも怖いけれど、自分のことを知るのはもっと怖い。

わたしは、やっぱり変わってますよね？

バンディ

イースターの休暇が明けた。サマータイムも終わり、一気に日が短くなって、朝晩は肌寒い。

休暇が明けて間もない朝、副専攻の「文学」の教官に呼び出された。開口一番、就職先は決まっているのかと尋ねられた。銀行と製薬会社が候補に挙がっているところが答えると、机の上に肘をついたまま、休暇前の論述試験を置いた。解答用紙の一番上に僕の学籍番号と僕の名前。質問があると教官は僕に言う。

「きみは、な、何に怒っているの？」

「は？」

そんなこと、書いたっけ？

「じゃあ、何かに怯《おび》えているの？」

「へ？」

怯えている？　僕が？

「お、怒りっぽい人は、怖がりだから」

うーむ、と教官が椅子と一緒に一回転した。

「も、もしも、就職が決まっていないんだったら、私のところで、も、もう少し本を読んだらどうかなと思って」

「僕、そういう予定はないんです」

予定ねぇ、と教官はもう一度椅子を一回転させた。

「……り、理学部の、しかも数学科の学生が文学を副専攻にするなんて、ま、またどうして？」

この人は少しどもる癖がある。だから、こちらも返事につまずくときがある。なぜそうなってしまうのかは、自分でもわからない。とにかく、つられる。

「いや、と、特に、考えがあったわけではないです」

それは本当だ。ハイスクールの最高学年で「イングリッシュ・ランゲージ」でなく「リタラチャー《文学》」を選んだときも、自分でもなんでまた、と後から思ってしまった。「エイジアン5」のクラスメイトからは「英語も人並みにできるってジマンしたいのか？」と、イヤミを言われてしまった。居心地のいい場所と、自分のいたい場所は違う。

教官がため息をついた。机の上に置かれた、骨のような片手の指がブルブルして、手の甲もピクピクしている。元の色がわからない白髪頭。痩せこけた体。困ったような惚《とぼ》けたような顔。目だけがギョロリと大きい。この人がヨロヨロと大教室にやってきて、教卓につかまるようにして立つだけで、学生たちに妙な緊張感が走る。

「本、本には、それぞれの本に応じた読み方っていうのがある。本の読める人と読めない人の差は、それを身につけているかいないかで、決まる。き、きみは、本を読める人に、な、なりたいんだろう？」

「あの、僕は本が読めていないってことですか？」

「そ、そんなことは言っておらん。私のところへ来る学生は、みな本を読むのが好きで、ぶ、『文学』なんて酔狂な科目を選ぶわけだが、ほ、本が好き＝《イコール》本が読める、とは、限らない」

はあ、と僕は曖昧に相槌《あいづち》を打った。

「な、なんでも疑ってかかるのは悪いことではない。し、しかし、われわれが生きるこの世のまこと、すなわち、真理を物語ろうと躍起になっている人間の言葉は、そ、それ自体がすでに真理なのだ。だ、だから、なんでも信じてかかる人間にだけ本は読める。文学は人間性とモラルの、も、問題」

きみは、信じることがそんなに、こ、怖いのかね？　とガイコツのような顎がカタカタ笑う。

「せめて、来年いっぱい大学に残って、集中して読んでみては、いか、いかが、かな？　そ、卒業が延びるが、今までの単位と合わせて、しゅ、主専攻扱いに、して」

主専攻をダブルにすると、学位がふたつ取れるかわりに、卒業が三年から四年に延びる。小学校卒業も一年遅れ、大学入学も一年遅れ、そのうえ大学卒業も一年遅れだなんて、今度は母さんに「留年」したのだと呆れられるに違いない。

「きみ、どんな本が好み？」

僕は黙った。好きな本なんて口にしたら、たぶん、止まらなくなると思う。

「き、来てごらん。ここにある本は好きに持っていっていい。き、きみくらいの若さで、触れておかなければならないものばかりだ。い、急いだ方がいいよ、本はそれぞれ読み手の年齢に応じて賞味期限が変わる」

プロフェッサー・フレイルは背後の本棚を指差すと、僕に背中をむけて、僕の知らない作者の名前を挙《ヨロヨロ》げ始めた。その後ろ姿はゴーストみたいで、本当に浮世離れした人だなと思った。

「し、新刊が読みたかったら、ジェンキンス書店へ行きなさい。私の名前を伝えて、そ、そのまま店から持って帰るといい、いい。読み終わったら、その辺に突っ込んでおいてね」

今度は書棚の空きを指差しながら、小さく頷《うなず》く。なんだかよくわからないけれど、僕はこの人にもうしばらく大学に残るように誘われているらしい。そんなことをしたら、また学費を借り直さなければいけない。返済額も増える。

僕は、ありがとうございます、でも僕、就職します、と遮るように言って、教官室を出ようとした。

「ミスター・アンドー」

めったに呼ばれない方の名前で呼びかけられて、僕は思わずドアの前で振り返る。

「ジャパニーズ？」

初めて見るその人の笑顔に向かって、僕は姿勢を正す。

「エンドー、っていう日本の作家が、い、いるね？　そ、それに、に、似ているから。わ、私の友人に神学をやるやつがいてね、あの畑では、ゆ、有名らしいよ」

将来、もし子どもを持つことがあったら、そのときは絶対に英語の名前をつけるって今から決めているけれど、苗字だけは末代まで日本語らしい。プロフェッサー・フレイルが真顔で僕をじっと見てきた。

「ぎ、銀行員になるのに怒りの要素はいらんよ」

「ど、どういう意味です？」

「く、薬屋さんになるにしても、ひ、必要なさそうだ」

「…………」

「きみ、ここに、大学に、な、何しに来たの？」

プロフェッサー・フレイルの目が閉じたり開いたりする。

「い、怒りは、鎮めるものではない。鎮まったとしても、か、かな、必ず再燃する。い、怒りは、回復《リカバリー》させるものだ。と、特に、自分自身に対する怒りは、じ、自分を痛めつける。本を読むことは、リカバリーに、つ、繋がる」

「リカバリー？」

「私はこの吃音《きつおん》のせいで、じ、自分のなかには言いたいことが溢れているのに、じ、自分の名前さえ、まともに伝えることができなかった。口にした途端、自分の言葉では、な、なくなる気がした。子どものころは、そ、そんな、そんな、自分自身に対する怒りで、い、いっぱいだった。なぜ、なぜ、こんな、ふうに、生まれてしまったのか、と。しかし、本、本のなかには、私の言葉があった。口で言えないことを言えるようにするのがぶ、文学だと気づいたんだ。それに、本を読んでいたら、だ、誰も声をかけてこないので、しゃ、しゃべらなくて済む。以来、人よりも本に関わることで、自分を回復させ続けてきた結果が、こ、これ」

「と、申しますと？」

「やっと、これ、これが、じ、自分だ、と思えるようになったって、ことね。よ、淀《よど》みなく話す私など、ありえない」

僕は小さく頷いた。この人がすらすら話す講義なんて、ありがたいと思えなくて、みんな聞きに来ないかもしれない。この人の、この絞り出すような声と、選びに選んだ言葉を、みんな固唾を呑《の》んで見守ったり、聞き漏らすまいと必死になっているのに。

「世の中の不正や、ふ、不平等に対する、い、怒りがなければ、世の中は良くならんよ。だから、きみのような怒りは、だ、大歓迎だ。きみの、その怒りには、ゆ、勇気がある」

プロフェッサー・フレイルは僕の論述試験に目を落とした。怒りを話したかったら、怒りを、よ、読めるように、な、なったほうがいいんじゃない？　と顔を上げる。

「ま、まずは、こ、この怒りを、本を読む力に変えてみては？」

「ぼ、僕、な、何も怒っていません！」

僕はドアの外に出た。そのまま、階段を駆け下りる。

来週は銀行のインターン・プログラムに参加する予定になっている。それで、僕が使える人間だと判断されると、後日、インタビュー《面接》に呼ばれる。インタビューにこぎつけた時点で、ほぼ内定確実であるらしい。だから、受かったら銀行、落ちたら、プレイスメント《実習》のあとオファーが来た製薬会社。僕が大学へ来たのは就職するためだ。人がどう金を使ってどう投資するかを分析しようが、新薬だろうが不治の病を治す薬を作ろうが、部屋が借りられて、メシが食えればどっちでもいい。「エイジアン5」的な「どんなに邪険に扱われようが、手に職さえあれば絶対に食いっぱぐれない」の発想で生きていくなら、銀行員だろうと薬屋さんだろうと僕の選択は間違っていない。楽勝。ザマアミロ。興味のあることよりも得意なことを生かして何が悪い？　だけど、白人のオージーと同じような出世はおそらく望めない。

——何が、本、だ。何が、本の読み方、だ。何が、本の読める人、だ。僕はそんな浮世離れした人間になるために、ここにいるんじゃない。そんな贅沢《ぜいたく》をするために大学に来たんじゃない。

午後、州立図書館の長テーブルで統計学のハンドアウトを開く。

いくらパソコンを眺めても、数字もグラフも全然頭に入ってこない。チェス盤に移動する。今日は黄色い頭の男の子は見かけない。一人で駒を動かす。まず、ポーンを前へ。捨て身の駒で罠《わな》を仕掛けると後が恐ろしい。その後をルークがついていく。ナイトを出したところで、白のポーンが宙に消えた。予想不可能な場所に着地する。えっ、ウソ、そう来るか!? 僕は顔をあげた。

僕と並んでアビーが座った。彼女が通う工科大学は州立図書館の目の前にある。予測不可能な相手に、僕はドギマギしてしまう。

「このあいだの打ち上げパーティー、どうして来なかったの？ みんな、待ってたのに」

小児病院の公演は大盛況だった。この街のイースターは、伝統的に病院へ寄付をするのが習慣になっている。特に、小児病院のファンドレイザー《資金集め》は大掛かりなキャンペーンを行い、イースターの週末だけでも巨額の寄付が集まる。劇団の資金も、そこからほんの少し頂戴しているとのこと。

「いや、なんとなく」

僕が言葉を濁すと、アビーはそれ以上尋ねようとはしなかった。僕はそんな彼女をなぜか不満に思った。沈黙が僕の不機嫌を炙《あぶ》り出す。

「……だって、アンザック・デーだっただろ、あの日」

パーティーはイースターが終わった後のアンザック・デーの休日、公園でBBQをするとのことだった。アビーがこちらに向き直った。

「アンザック・デーがどうかした？」

琥珀色《こはくいろ》の目が大きく見開かれる。好奇心全開で見つめてくる。好奇心と常にセットでついてくる猜疑心《さいぎしん》は、彼女の場合、不思議と見当たらない。僕は相手をしばし見つめ返した。彼女の顔は、彼女の作る人形になんとなく似ている。木の皮のように乾いて、硬く引き締まった表面。だけど目だけは、人形の目にはない潤いで輝いていた。一瞬、何もかもぶちまけてしまいそうになった。でも、そうしたところで何になる？ゼイドじゃあるまいし、わめきちらしたところで、甘ったれだと思われるだけかもしれない。

「ちょっと、いろいろ」

火傷の痕がじわじわと痛み出した。昨年のアンザック・デーの出来事。ハイスクールの友だちのテオとスカッシュをしたあと、パブに飲みに行った。店の中も外も、退役軍人のパレードを見物し終えた酔っ払いで溢れていた。カウンターで立ち飲みしていたら、「おい、そこのチンク！　人の国で何してるんだ？　目障りなんだよ！」と中年のオヤジに酒臭い息で絡まれた。テオが割って入って、僕のことを日本人で子どものころからここにいると律儀に説明すると（だいたい、友だちとパブで酒を飲むためだけに、なんで見ず知らずの人間を相手にあんな説明をしなきゃならないんだ⁉）、相手は血相を変えて「ジャップ!?　あんな残酷なやり方でオージー兵を殺したジャップが、よりによって今日みたいな日になんで酒が飲めるんだ!?」。テオが逆上して、オヤジと激しい怒鳴り合いになった。最終的には、僕らは揃って店を追い出された。言いがかりをつけてきたのはあっちなのに、なんでおれたちだけ追い出されるんだ、店中、あのクソオヤジの肩を持ちやがって！　と、テオは猛烈に悔しがっていた。

「……ほっといてくれよ」

「ＯＫ」

アビーが立ち上がった。荷物を抱えて八角形の床の角まで歩いていく。これだからイヤなんだ、特に、ああいう、なんでも直球でくるやつ、と僕はため息をついた。次に室内を見回したときには、彼女の姿はどこにもなかった。スマホでテキストを送る。

「ごめん。怒るつもりはなかった」

どこかで着信音が聞こえた。吹き抜けの八角形の天井を見上げると、彼女が階上のバルコニーからこちらを見下ろしているのが見えた。

図書館を出て、二人で並んでスワンストン・ストリートを歩いた。あたりはもう真っ暗で、店の明かりが目に眩《まぶ》しかった。

アビーは肩に大きな荷物を担いでいる。その中身は愛用の道具類と「卒業制作」だという。学校のスタジオで揃わない道具は家にあるので、毎日持ち運びして（ガレージをワークショップに改造しているそうだ）作業するとのこと。思えば、この子が身軽そうなのは見たことがない。

雨が降ってきた。僕はナイロンのジャケットのフードを頭から被《かぶ》った。

「メルボニアンは、冬はフード付きのジャケット」

「ん？」

「わたし、ハイスクールのときに、シドニーからこっちへ移ったの」

「それまでは、ずっとシドニー？」

「一応、そうね」

「一応？」

雨に降られて歩くのはここでは当たり前だけれど、それは自分一人のときに限る。僕は雨宿りできそうな店先を探して早足になった。

「生まれ育ちはそうなんだけど、生粋《きっすい》のシドニーっ子かって言われると、ちょっと」

「ああ、わかった。親がどこからか来た人とか？」

出店の果物屋の軒下で僕は立ち止まった。店先では、オレンジの上に水滴が弾《はじ》けていた。フードを取る。アビーも荷物をどさりと置いて、濡れた前髪を額から払った。

「どこの国の人？」

僕がそう訊くと、アビーは肩を竦《すく》めた。しまった、と思う。相手によっては、この質問はタブーになることがあるから。

「教えてもいいけど、絶対に知らないと思うわ。だって、今まで、誰も知らなかったから」

「……なら、当ててみようか？」

彼女が僕をまじまじと見つめてきた。

「超難問だから、ヒントをあげる。一応、アジアに分類もできるわよ」

「アジア!?　その顔からアジアっていうのは想像できないな。アジア人っていうのは、おれみたいなのをいうんだよ」

「あら、どちらかというと、ヨーロッパよりもアジア寄りだと思うんだけど？」

「じゃ、まずおれがどこの人間か当ててみろよ」

「あなた、ここの人じゃないの？」

「よく言われるんだけど、違うんだ。小学生のとき、親とこっちに来た。ま、おれの場合はすぐに間違えられるから、ヒントをやるよ。中国人じゃない。韓国人でもない」

「アメリカ人！」

大真面目な表情で彼女が答える。この顔とこのオージー・アクセントで、「アメリカ人！」だなんて言われるのは初めてだった。黙って彼女を見つめる。どこにでもいそうな感じに見えて、なかなかいないタイプかもしれない。なんか、素数みたいな子だ。2、3、5、7、11、13……。独立していて、でも割り切れない、わだかまりのような素数は無限にあるけれど、その数自体は唯一。だいたい、素数って一体何なのか、僕はよくわからない。だけど、僕は素数を見つけると、「なんだこいつ？」と思いながら、そこから目が離せなくなってしまう。

僕が日本人だと判明したあとも、「あら、いいじゃない。いっぱいいるし。隠すほどでもないでしょ」とだけ彼女は言い、お決まりの、お気に入りの日本食や、アニメやポップカルチャーの話題で質問攻めにしたり、片言の日本語が続くこともなかった。僕の方では、ヨーロッパとアジアの境目あたりにありそうな国を思いつくだけ口にした。イラン。イラク。パキスタン。アフガニスタン。ハンガリー。ルーマニア。マケドニア。ブルガリア……。実は、あのあたりの国ってよく知らないんだよな……。

「トルコ！」

「惜しい！」

「ロシア！」

「近い！」

「チェコ？」

「ハズレ！　そこはわたしが行ってみたい国」

「なんで？」

「チェコのプラハはマリオネットで有名なの」

彼女が正解を口にする。そして、ほら、やっぱり知らないでしょ、と、したり顔で僕に念を押す。

「聞いたことある」

「ウソ」

全然信じていない顔。僕はちょっとムキになって言い返す。

「ウソじゃない！『System Of A Down』とか！」

「何、それ？」

「知らねえの？　有名なバンドだぜ？」

彼女が荷物を肩にかけようとし、ずり落ちた。僕は手を伸ばして、リュックサックのかかっていない自分の反対側の肩にかけた。ズシリときた。

「返して。自分で持つから！」

トラムストップが見えてきた。横断歩道に跨《また》がる線路を挟んで、プラットホームが両側にある。僕の乗る手前側でも、アビーが乗る向こう側でも大勢の人が待っていた。

『オタマトーン』って知ってる？　大学の友だちが持ってるのよ、この前、パーティーで弾いてくれたんだけど、すっごく面白かったわ、とアビーはぼそっと言った。

「何、それ？」

「知らないの？　あなた日本人でしょ？」

青信号に変わった。

僕は彼女に声もかけないまま、手前のプラットホームに続くスロープを上がった。猛烈に腹を立てていた。僕が知っていることと、彼女が知らないことに。僕が知らないことと、彼女が知っていることに。反対側のプラットホームにはもうトラムが到着している。アビーはそちらに向かって駆け出したかと思うと、こちらのホームに向かって猛スピードで引き返してきた。僕の真正面に腕組みをして立った。

「あなたって失礼ね、「知らねえの?」って、すごく不愉快だわ」

「きみこそ! 「知らないの? あなた日本人でしょ?」って、なんだそれ?」

「あなたの真似をしただけよ。とにかく、自分の国のこと、「知らねえの?」って言われたみたいで不愉快だったのよ。わたし、これでもアルメニア人なのよ!」

彼女がそう声高に叫ぶのを聞いて、僕は僕の小さい弟のことをふと思い出してしまう。母さんが日本に帰った後、父さんと新しいパートナーのアナベルの間に生まれた弟の丈治《じょうじ》は五歳。この前の年末年始、弟は父さんに連れられて日本に初めて行った。親戚中に可愛《かわい》がられて、特別に一週間ほど通わせてもらった幼稚園でも、九州《きゅうしゅう》の田舎ってことで、「ウェイジアン《白人とアジア人の混血》」の弟は、地元の人にしたら「珍しいお客さん」。そんなわけで、会う人会う人に大切にされる。クリスマスと正月のフェスティバル・シーズンだったせいもあってか、どこへ行っても皆ウキウキしていて、お土産やプレゼントもたくさんもらった。だから、弟にとっては、日本はディズニーランドみたいなところであるらしい。まだ小さいということもあるんだろうけど、楽しい思い出しかないせいか、日本は世界で一番いい国だと信じ切っている。きっとこれからも、数年ごとに遊びに行って、楽しい時間を過ごせる国でしかないのだろう。父さんも父さんで、弟のそんな様子に嬉しそうに相槌なんか打つもんだから、ますます、夢幻の国になってきている。最近では、「My dad is Japanese! I am Japanese too!（ぼくのお父さんは日本人！　ぼくも日本人！）」と、ヘンな自慢の仕方を始めた。そんな弟の顔が、目の前の彼女の顔になぜか重なってしまった。僕は我にかえると、反撃に出た。

「だったら初めからそう言えよ！　勿体《もったい》ぶって隠すほどのことじゃないだろ！」

「隠してなんかないわよ！　でも、ほとんどの人はアルメニアなんて国、聞いたこともない。アルメニアなんて、誰も知らない。わたしたちの言葉もカルチャーも、ここでは特別じゃなくて、特殊で絶滅危惧種！」

アビーはそこでふと口籠もると、一気に吐き出すように言った。

「日本だったら、誰でも知ってるじゃない？　日本なんて、食べ物でもアニメでも、ここじゃあ大きな顔してるじゃない？　よその国でまるで自分の国みたいに生きていけるじゃない？　この国に飼い慣らされて、この国の人間みたいに振る舞って、そんなにオージーになりたいの？　コソコソ隠してるのは、あなたの方よ！」

自分の弱点を一気に引き摺《ず》り出されたような気がして、僕は一瞬口がきけなくなった。ゼイドともここまでやりあわない。

「だったら、きみはその逆だ！　レアもののきみは、数が少なくて目立たないから標的になることも、攻撃の的になることもあまりない。それに、きみのどこがアジア人なんだよ!? 白人にしか見えないね! きみは、その見てくれで生まれつき『オージーの基本セット』をクリアしてるじゃないか!? 自分でも気づかないまま天然の地元人を装えるから、おれに向かって偉そうな口を叩《たた》けるんだよ! 参考までに、アンザック・デーにおれが外を出歩かない理由を教えてやろうか? おれが日本人だからだ!」

そう大声で言い返しながら、自分は一体いつまで日本人をやらなきゃならないのだろうかと、腸《はらわた》が煮えくりかえりそうになる。大学の交換留学で、一ヶ月ほどゼミの連中とイギリスに行ったときも、そこでも、イギリスの学生たちは、インド系も含めて他のやつにはオーストラリアのことを訊くのに、僕には日本のことしか訊いてこなかった。この見てくれのせいで、何年ここに住もうが、どこへ行こうが、自分は地元の人間とは見なされない。

「日本人だから? 何があったか知らないけれど、日本人なんて、ここじゃ、チヤホヤされているじゃない! 日本人なんて立派なマジョリティー! これ以上甘やかされたいの? それとも、これ以上注目されたいの? 人気者にでもなりたいの? だったら、うちのデザイン科に来ればいいわ! まさに『ウィアブー《日本かぶれ》』の巣窟なんだから! このあいだも、「最近の学生は、何を描かせても日本のアニメとマンガになる」

って、うちの教授が嘆いていたわ！」

アビーは少し黙ったかと思うと、大声になった。

「いつまで、そんなふうにこの国のお情けにすがっているわけ？　それに、あなた、さっきわたしのこと白人って言ったけど、白人が一番偉いって、あなたこそ、偏見を持っているんじゃない!?」

彼女の叫ぶセンテンスの一つ一つが、僕のそこかしこを容赦なく刺し貫いていった。

「みんな、口ぐせみたいにダイバーシティーって言うけど、実際のところは、あなたたちみたいな目立ちたがり屋と人気者の寄せ集め！　ダイバーシティーなんて、わたしから見たら、新種のマジョリティーのパレードみたいなもんよ！　『白人』のわたしよりも、見た目で簡単にわかってもらえる『エイジアン』のあなたの方がずっと得してるんじゃない!?」

彼女は最後にそう喚《わめ》いて僕の心臓を撃ち抜くと、スロープを駆け下りた。やって来たトラムに僕は乗り込んだ。席に座るとトラムが動き出した。思わず、窓の外の反対側のホームを見た。すると、アビーが真っ赤な顔をして、こちらを睨《にら》みつけていた。

トラムの鐘が鳴った。火傷の痕がズキズキする。彼女の姿がレールの向こうに遠のいていく。——あれは僕だ。

ハビーへ

　突然ですが、もし、この大都会であなたがわたしを探し始めているのなら、まず、「アルメニア人の女の子」に絞って検索をするといいと思います。今さらながらですが、わたしはやはりアルメニア人だったみたい。あなたは、安心しましたか？　きっと、そうだろうと思います。

　実は、さっき、おばあちゃんを空港まで見送りに行って、今、家に帰って来たところなんです。

　おばあちゃんの姿が税関の向こうに見えなくなったとき、泣きそうになりました。わたし、おばあちゃんに会うのは今回が初めてだったんです。おばあちゃんの方では、わたしが小さかったときに一度こちらに来たことがあるんですが、わたしはぜんぜん覚えていない。

　おばあちゃんがアルメニアからやって来たのは、三週間前。わたしの家に泊まっているあいだ、わたしは家におばあちゃんがいるのが楽しみで、学校から急いで帰ってきていました。というのも、わたしが学校から帰ると、必ず出迎えてくれて、おやつを食べながら、学校の話や友だちの話をアルメニア語でしました。おばあちゃんは、熱心にわたしの話を聞いてくれました。まるで小学生みたいでしょ？　わたし、ずーっと、これがやってみたかったんだなぁって、しみじみ思ってしまいました。

　だって、たとえば、毎年クリスマスが来るたび、みんな親戚で集まって、大勢で食事をしたりするでしょ？　わたしには、ここには本物の親戚なんかいない。叔父さんも叔母さんも従兄弟《いとこ》もいない。だからうちでは、クリスマスはいつも両親と姉とわたしだけでお祝い。シドニーにいるときは、アルメニア系の数家族――ダミーの親戚と賑《にぎ》やかに過ごしたこともありました。でも、メルボルンに移ってからは、両親とわたしの三人限定。三人だけで「トルマ」を食べて、食べた分よりも鍋に残っている方が多いのを見たら（ママは鍋いっぱいぁのブドウの葉の料理を作ります）、わたしたちって本当にここの人じゃないんだなって。大晦日《おおみそか》と新年を迎えたあと、クリスマスツリーも片付いて、世間はすっかり平日に戻っている一月六日にクリスマスを祝うこと自体、ここでは異例、完全にズレています。でも、親にしたら自分たちが「異例」だということがある意味自慢だし、彼らから「ズレ」を取ったら、何も残らないかも？

もしかしたら、自分たちを疎外することでしか、自分たちでいられないんでしょうか？

学校の寄宿舎にいる友だちは、クリスマスには「家に帰る」って言います。もちろん、自分の地元に戻る、という意味。わたし、ここでどこに住んでいるかと訊かれたら、「アルバート・パーク」と答えますが、どこに帰るのかと尋ねられたら、自分でもどこなのかわからない。だって、シドニーで生まれたとはいえ、いつも親から「おまえはアルメニアの人間だ」と言われて育ったし、メルボルンは移り住んで三年、いまだに96番以外のトラムに乗ると緊張します。

わたしは結局、アルメニアにもオーストラリアにもシドニーにもメルボルンにも属《belong》していない。親は世界の果てにいても祖国アルメニアに終生「belong」しますが、わたしはどこへも「belong」したためしがありません。だから、口先で「オージー」だの「アルメニアン」だのと宣言しても、最近では、自分でも、あやしく思っています。

ところで、おばあちゃんは、娘（ママのことです）がわたしにロシア語で話しかけて、わたしが英語で答えているのには、面白がっていました。パパもわたしには英語かロシア語。でも、おばあちゃんと一緒にいたら、親とロシア語で話せないより、おばあちゃんとアルメニア語で話せない方が悲しいと思ってしまったんです。この言葉がなかったら、おばあちゃんの孫でいられない、って。

あなたは、アルメニア語が話せますか？　わたしのアルメニア語は、バイリンガル・スクールで習っただけの、ひ弱な温室育ちのアルメニア語です。もしも、あなたがアルメニア語を話すなら、わたしにはアルメニア語で話してください。英語を話せる場合は、英語はわたしにとって一番使い勝手のいい言葉なのでラクでいいけれど、世界中どこに行ってもわたしたちの話していることが理解されてしまいそう。プライバシーがないって悲惨。だって、プライバシーのないところに愛は生まれないもの。

ハビー。わたしはアルメニア人です。と同時に、オーストラリア人です（どっちも一応だけど）。

でも、「アルメニア系オーストラリア人」と人に呼ばれるのは好きじゃありません。リスペクトしているつもりかもしれないけれど、結局は人をカテゴライズしているだけで、わたしからすれば大きなお世話。言葉って、人をつなげるためのものだけれど、人や人の考えを区分することもある。時と場合によっては、人と人のつながりをカテゴライズ、すなわち、区別して隔ててしまう。

あなたは、自分のことをどう呼んで、人からどう呼ばれたいですか？　あなたの望むように、わたしはあなたを呼びたい。わたしはあなたとつながりたい。

わたしは学校では英語名で呼ばれる方がいいし（本名だとなかなか相手にされない上に、いろいろ面倒です）、家ではもっぱら愛称で呼ばれています。

でも、あなたに呼ばれるなら、そのどれでも構わない。あなただけが呼ぶわたしの名前があってもいい。あなたに呼ばれるたび、これが自分だと信じることができる名が、わたしの本当の名前だから。

アルメニア人でオージー娘より

木曜日の午前は授業がない。慌ただしく行き交う人の波に逆らうように、シティのはずれにある小児病院に自転車で向かう。

まず、街の中心を一周。橋の向こうにヤラ川の水が光る。円形のクリケット場。フィッツロイ・ガーデンの広大な緑。議事堂の前を通り過ぎると、大聖堂の銅像がしかめ面でこちらを見つめてくる。僕はそのしかめ面をしかめ面で見返す。すると、冷たい冬の風にぴしゃりとしっぺがえしされた。

病院のロビーでアビーを見つける。あの大ゲンカ以来、一度も口をきいていない。リハでも図書館でも完全に無視しているし、無視されている。だけど、テキストのメッセージは毎日のようにやりとりしていた。用件は、僕専用のマリオネットについて。このマリオネットの役目は、人形劇を見に、ステージのある階下まで降りてくることができない子どもの病室を個別に訪問することだと聞かされた。だから、彼女の送ってくるテキストメッセージに返信しないわけにはいかなかった。

テキストが長文になりそうなときは、ボイスメールを使った。そのときには、おたがい、一方的にマリオネット以外の話をした。たとえば、トラムの料金のごまかし方とか。たとえば、国によって虹の色の数え方は違うとか。たとえば、蝶《ちょう》と蛾《が》の見分け方とか。彼女がお気に入りだというアーティストの曲をギターで弾いたこともあるとか。そんなとりとめのないスモールトークのたび、彼女に自分の内側を少しずつ見られている感じがした。アビーの方では「人形に一本一本、糸をかけているときみたいな気分」だって言っていた。もしかしたら、僕らにはよもやま話が足りなかったのかもしれない。夢見がちな僕らを現実に立ち向かわせ、それぞれの日常を支えるふだんの会話が。

「ハイ、アビー」

「ハイ、マット」

僕らは目を合わさずに声を掛け合う。テキストメッセージやボイスメールと違って、こうして実際に会って顔を見ると、ケンカのことを思い出さずにいられない。

僕の視線はふと彼女の足元の大荷物に落ちる。大きくあいたジッパーの隙間から、いくつかに組み合わせた木の棒と黒い紐が出ていた。アビーが、木の棒を摑んで紐を引っ張った。

真っ黒のビー玉みたいな目に、真っ黒のボタンみたいな鼻、おまけに真っ黒のピンピンしたヒゲまで数本ある。茶色い背中、白い胸とお腹《なか》、それから、しっかりと巻いた尻尾。日本生まれで日本育ちの、キリッとした、ハンサムな顔立ち。

「こんな感じでよかったかしら？　このシッポがなかなか思うように作れなくて。珍しいのよ、巻いたシッポって。でも、あなた、この巻いたシッポが『シバイヌ』のアクセントだって言ってたでしょ？　よく動かすと思うから、しっかりと作ってはあるけれど……」

アビーは不安そうに僕に尋ねた。パーフェクト、と、僕は彼女が言い終わらないうちに答えた。毎日、テキストで根掘り葉掘り、彼女にこいつのことを訊かれたわけだと、僕は見せられたばかりのマリオネットを見て納得した。アビーが両手で棒を動かしたり揺らしたりするたび、操り人形のイヌは床で歩いたり、頭を上下に動かしたり、尻尾を振ったりした。主人について日本からやってきた忠犬の中の忠犬。賢くって人懐こくって、主人のそばを離れたことがなかった。そしてその立派な最期ときたらサムライそのものだった。今は、主人の暮らすこの国で静かに眠っている。

「久しぶり……、チロ」

僕は彼女からサムライ・ドッグを受け取ると、ロドリゴさんにアドヴァイスされたように、「泳ぐ」「漕《こ》ぐ」要領でT字型のメイン・コントローラーを片手で動かしてみる。手ほどきは受けてきたものの、こちらはコントローラーの型が違うので、少々勝手も違う。僕はゆっくりとチロを自分の足元に引き寄せて、一緒に歩いてみた。

「高さに気をつけて。足が宙に浮かないように、床に引き摺らないように。糸の長さはあなたの身長に合わせたつもりだけれど、まだ少し短かったようね。あとで調節するわ」

アビーは僕を見上げながら、目で糸の長さを測った。右の前足と左の後ろ足、左の前足と右の後ろ足が一緒に動くようになっているのが、いかにも動物らしい。よかった、気に入ってもらえたみたい、とアビーがほっとした顔になった。

「動物は人間と動きが違うから、いつも苦心するの」

今度は頭をこちらへ向けて、尻尾を振らせてみる。胴体からバネで繋がれた尻尾が歩くたびにゆらゆらと揺れた。大きく動かすときには、メイン・コントローラーを大きく揺らす。

「シッポのバネがダメになったら、すぐに言ってね。新しいのと取り替えるから」

次々と他の動きも試してみる。そのたびに、コントローラーと糸の調節について、アビーからアドヴァイスを受ける。細かいことは、ロドリゴさんに教わるといいわ、そのうちに動きのバリエーションも増えるだろうし、とアビーが一歩離れた場所からチロと僕を見る。

「やっぱり、あなたは人形遣いよりも人間の役者が向いているみたい」

「なんで?」

「人形遣いと人形のイヌ、ではなくて、あなたとあなたの犬、に見えるわ」

「こいつはおれのこと、なんでもお見通しだったから」

「あなたも、その犬のこと、よくわかっていたんだ」

「……さあな」

「あなた、役者には興味ないの？」

「今はない。昔はやってみたかったけど」

「どうして？」

「オーディションを受けても、合格の代わりに、あとから、別の役のオファーばっか来るんだ。中華料理店のウェイター役とか、『テック・ショップ』でスマホとかタブレットのケースを売ってる店員役とか、現金詰めたアタッシェケースを持ち歩く不動産ディーラー役とか」

「それって、ぜんぶ、こう言っちゃ何だけど、アジア系のハマリ役じゃない？」

「だよな。たぶん、おれみたいなのは『ダイバーシティー』の道具にするには持ってこいなんだろうな。ハイスクールのときは、あんな役もこんな役もやりたいって夢も見られたけれど、実社会の職業としては、もっとシビアじゃん？　白人以外の役者もモデルもいることはいるぜ。でも、結局はそいつらも時代の波にうまく乗って『ダイバーシティー万歳！』って感じがしないでもない。インタビュー記事にしろ、移民一世の親の苦労話と、その子どもの自分が今のキャリアに辿《たど》り着くまでの苦労話に終始してしまう。本人の演技の才能とかパッションは後回し、みたいな。ああいうのがあちこち出回ると、ダイバーシティーを優先しすぎる、実力主義はどこへ行った、逆差別だって怒るやつもいるくらいだ。ま、そもそもアジア人のやる『ハムレット』なんて、ここじゃ、よっぽどの演劇ナード《オタク》でもない限り、誰も見向きもしねえし。だって、立ってるだけで『デンマークの王子』に見えるやつ、ゴマンといるじゃん？　……どのみち、おれにはチョイスがほとんどないってことがよくわかったんだ」

　僕は、秘密のバイトのことも彼女に話してしまう。彼女は面白そうにこちらの話に耳を傾けていたけれど、途中からだんだん気もそぞろって感じになって、こちらに向き直ってひそひそと話しだす。

「そういえば、わたしのハイスクールの友だちも似たようなこと言ってたわ。彼女は両親ともレバノンの人なんだけど、ほら、よくあるじゃない？　子どものころ、バースデー・パーティーに呼ばれて、みんなでディズニーのプリンセスのコスプレ、ってことになったらしいのね。でも、彼女は自分がやりたかった『シンデレラ』とか『白雪姫』とか『眠れる森の美女のオーロラ姫』じゃなくて、『アラジンのジャスミン姫』しかやらせてもらえなかったって」

　アビーは同情でもなく共感でもない、一種の哀《かな》しみを込めた視線で僕を見つめたあと、迫るように僕に訊いた。

「わたしが『ジャスミン姫』をやるのって変？」

僕が返事に困っていると、彼女は、あなたって役に入っていないときすごくわかりやすいのね、とにやりとして、今日のところは人形に姿を借りればいいわ、それに、あなたにはその声があるじゃない、その声でセリフを言えば、何の役をやってもあなただってわかると何気なく言って、僕に受付で入館のサインをさせた。

「今日は初めてだし、あなたができることをすればいいと思う。それに、動物のマリオネットは、何もしなくても子どもたちには人気なの」


僕らはエレベーターで病室のある階に上がる。

「朝のこの時間は採血していることが多いから、邪魔にならないようにね」

アビーが僕にそう耳打ちすると同時に、エレベーターのドアが開き、大きな悲鳴が聞こえてきた。彼女は大荷物を背負い直すと、声のする病室に向かって歩き始めた。ハロー、とひとつの病室に上半身を突っ込む。泣き声がつかのま止んだ。

「マット、出番。すぐにアクションしてね」

アビーがすかさずこちらを振り返り、僕を室内へ押し込んだ。病室に入るなり、僕はアビーに言われた通り、チロをベッドの上に上げて、盛んに尻尾を動かした。僕の小さい弟と同じくらいの男の子が口をぽかんと開けたままになった。涙をいっぱい溜《た》めたその目はチロに釘付《くぎづ》けになった。ナースはそのあいだ、素早く彼の細い腕に針をさした。ナースが針を抜くと同時に「Good on you《よくできました》」と男の子を褒めて、彼の手の甲にご褒美のスマイリー《ニコニコ》・シールを貼った。チロが簡易テーブルに乗ると、男の子は手の甲からシールを剝がして、チロの鼻にぺたんと貼った。

　病室を出たところで、子どもの扱いが上手なのね、と彼女がクスクス笑うので、いや、チロがうまいんだよ、それにおれ、あれくらいの歳の弟がいるんだ、ハーフ・ブラザー《半分血の繋がった弟》だけど、と僕は答えた。

「そうなの？　わたしも姉とは十六歳も歳が違うのよ。わたしにもあれくらいの姪っ子が三人もいるの」

　そして、チロはあなたでしょ、だから、あなたが上手なのよ、と目を大きく見開く。

「あなたって、数学とかやってる人だから、一人でいるのが大好きな人かと思っていたんだけれど、そうでもないみたいね？　劇団の仲間とも、まるで以前からの知り合いみたいな感じだし」

「おれ、そんなふうに思われてたんだ？」

「自分の部屋にこもって、一人で問題を黙々と解いてるのかしら、って」

　まさか！　と僕は心外に思って大声をあげた。

「数学はチームプレイだ。一度おれたちの教室に来てみろよ。うるさいったらないぜ。誰かが違うやり方をしたら、寄ってたかって「それ見せろ」。それに、ちゃんと数式があるから、言葉と違って誤解が少ない。勝手な思い込みで、おれのこと決めつけないで欲しいな」

僕はほとんどムキになってそう言った。ごめんなさい、数学っていかにもナードな学問って感じするし、それに、イモジェンはあなたのこと寂しそうな人って言ってたし、つい、とアビーがうつむいた。

「きみこそ、ちょっと変わってるよ。人形のことになると、後先見えなくなるんだから」

アビーはうつむいた顔を弾かれたように上げた。そして、わたしって、やっぱり変？　ちょっと変わってる？　と、僕に訊いた。いや、そんなつもりで言ったんじゃないんだ、ただ、アーティストって変人ってイメージがあるから、ごめん、と僕はついさっき自分が彼女に言ったことを思い出して、きまり悪くなった。

「わたし、ふつうになるのは諦めたの。だって、わたしの場合、みんなと同じになろうとすればするほど、みんなと違ってくるみたいなんだもの。それに、友だちもたくさんいらないって気がついたの。イモジェンのような友だちがほんの数人いれば十分。

だって大勢でいて退屈することはあっても、一人でいて退屈することなんてまずないわ。自分のことは好きになれないけど、そのぶん、自分には飽きることがないみたい……あ、もう行かなきゃ」

アビーはマリオネットの糸を巻いておくための「糸巻き」と、マリオネットを入れるキャリコの袋を取り出して、僕に差し出した。彼女をエレベーターの前で見送った。閉まったドアの前で、他の病室に向かおうとして、ふと足元を見た。チロは尻尾をだらりと垂れて、「あーあ、行っちゃった」と、閉じたドアの前で前足を揃えて、僕を見上げてくる。

——ふつうになるのは諦めた？　僕もときどき、そんなふうに思うことがある。でも、僕の場合は、駅のプラットホームとか、大教室とか、周囲から否応《いやおう》なしに違いを突きつけられるときの話。でも、彼女の場合は、人との違いを自ら周囲に向かって宣言しているというか、それでいて、心細がっているぶん、強がりを言ってしまうというか……、前からそうだったけど、あの子を見ていると、まるで自分を見ているみたいで、胸苦しくなる。逆に、彼女を見られないとなると、自分をなくしたみたいで、たまらなく不安になってくる。

エレベーターの横の非常階段をチロを抱えて駆け下りた。——今度いつ会える？

リハのとき？　それとも、金曜日に図書館で？　もしかしたら、道でばったり？　もしかしたら、〇〇。もしかしたら、××。もしかしたら、△△。階段を一段下りるごとに、そう繰り返す。最後の踊り場で数秒立ち止まった。もう〇も×も△も思いつかない。「G《地上階》」の表示のある非常ドアを思いっきり開けた。

ロビーに着くと、ガラスのドアをくぐり抜けたところでアビーがこちらを向いて立ち止まった。

「待て、チロ」

僕はイヌのマリオネットを床にそっと置くと、鼻に貼られたスマイリー・シールを剝がし、ガラスのドアにそっと近づいた。シールをガラスの向こうの彼女の鼻に貼り付ける。シールに隠れた鼻の上からは、琥珀色の目が僕を見つめてきた。彼女の口が開いた。

「あなたが言ってた、有名なバンド、何て言ったかしら？」

ハビーへ

グッド・ニュース！　こんなに嬉しかったこと、今までありません！　わたしの作った立体像が、ハイスクール生を対象とした美大主催のコンテストで入選しました！

自分の作品が出品されていたことさえ知らなかったので、驚きの方が大きかったんです。美術の先生が勝手に出していたみたいで。美大での授賞式にも出ました。式自体は賞状と賞金（千ドル！）をもらって終わりでしたが、他の受賞者とも知り合いになれて、コラボレーションをやろう、みたいな話も出ています。美大の先生とも少し話しました。受賞者は、美大への入学を推薦してもらえるのだとか。

今までは保育士志望だったので、大学なんて考えもしていませんでした。漠然と、グラフィック・デザイナーもいいなとは思っていましたが。まだ十年生なので、最終的に決めるには少し時間がありますが、真剣にそっち方向に行くのなら、来年の選択科目がガラッと変わってくるので、やっぱり今が考えどころ。

ただ、母と少し揉めています。彼女はわたしが保育士になることには大賛成で、ハイスクールを出たら職業訓練校で二年間保育の勉強をして、そのあとは保育所に勤めて、それからあなたと結婚、保育の勉強は育児にも大いに役立つ、と信じていたので。

母には、美大で三年間なんて時間の無駄、若さの浪費にしか思えないみたい。

父は、反対でも賛成でもない様子です。自分が辿った道と似ているので反対はできないけれど（彼は両親の反対を押し切って、大学では法科から建築科に変わりました）、賛成もできないと言われました。

いずれにしても、前にもお伝えしたように、わたしにとって家族はすべてなので、両親を悲しませるようなことだけは、したくありません。


実は、姉がシドニーからこちらに来ているんです。もう、一ヶ月以上にもなります。姉は三人目を妊娠中で、今度もまた女の子と判明しています。今日は、朝から、両親が姉を連れて不動産屋に出かけて行きました。姉に、親子で住むフラットかユニットを用意するためです。わたしは、家で姪っ子たちのお世話をするために留守番しています。

姉は、シドニーにはもう帰るつもりはないみたいです。夫婦のことは夫婦にしかわからないと言って、わたしには理由は教えてくれませんが、夫婦仲は早くから冷めていたようです。どうして仲のよくない夫婦に子どもが三人もできるのかも、夫婦にしかわからないことみたい。

一つだけ母から聞かされたことは、今度も女の子と知って、姉の夫の暴力がエスカレートしたという話です。姉の夫は、今度こそ男の子、自分の名前をのちのちまで継がせることのできる息子を熱望していたそうで、女の子と聞かされて相当落胆したみたい。それがきっかけで、今まで、溜まりに溜まっていた不満が爆発したというか、捌《は》け口《ぐち》ができたというか。

最近では、男女とも、結婚しても姓を変えないことが多いし（仕事の便宜上とかあらゆる手続きが面倒なので）、生まれた子には父親と母親の両方をくっつけて、ハイフンで繋げるのもアリ。それでも、次に生まれる子、つまり孫は、やっぱり父親の苗字を名乗る可能性がダンゼン高い。

だって、わたしの両親もよく言うもの。「うちは娘が二人、いずれは『グリゴリアン』がまた一つ消える」って。「グリゴリアン」はここではレアだけれど、アルメニアではありふれた名前だから別にいいんじゃないの、なんて、わたしは思うんだけれど、そういう問題では断じてないみたい。父と母に言わせると、「グリゴリヤン」ではなく「グリゴリアン」は、英語に読みかえたときに「――ヤン」ではなく「――アン」で終わる数少ないアルメニアの姓なんだそうです。それもあってか、自分たちの孫が、「スミス」とか「オニール」なんて苗字になるのは、あの二人には納得もできなければ、どうにも我慢ができないみたいです。頭では理解できても、感情が許さないのかもしれない。もしかして、あなたも、そう？

ポピーがぐずり始めました。妹のそばでうとうとしているデイジーも、もうすぐ着替えさせて、プレイグループに連れて行かなくてはなりません。保育の勉強をしなくても、今すぐ保育士になれそう。

では、今日はこのへんで。

○×○《ハグキスハグ》　アビゲイルより

昨日の朝、アシュトンが、お湯をいっぱい張ったバスタブにスマホを落とした。泊まりに来ていたガールフレンドと一緒に泡風呂の中でいちゃついていたら、置いてあった洗面台からボトンと落ちてきたらしい。どこを触っても、うんともすんとも言わない。電源さえ入らない。翌日の午後、電話でマスター志望者のインタビューがあるとかで、本人はものすごく焦っていた。ゼイドが米の入った袋に一晩入れておけば朝になったら直っていると、大真面目で請け合った。アシュトンは藁《わら》にもすがる思いでゼイドを見た。

水害にあってオシャカになったメカ類は、一晩、米の入った袋に入れておけば米が水分を吸って、朝までに直っているという迷信。これは、よく耳にする。

「いやいや、それはただの迷信だろうが。本当は、夜中にエイジアンのコビトがやってくるんだ。米といえば、あいつらの大好物だからな。それで、ついでに修理もしてくれるのさ。あいつら、頭が良くて手先も器用だから。おまえ、この話、ホントに聞いたことねえの？ ああ〜ん、もう、これだから田舎モンは困るんだよ」

ゼイドがそう付け加えると、アシュトンは僕を振り返った。僕が、うんうんと神妙に頷くのを見て、パントリーの僕専用の米袋（僕はショートグレイン《短い米》しか食べない）にスマホを突っ込んだ。

「Oi! アシュ！ 金も忘れずに入れとけよ。あいつらときたら、米とおんなじくらい金が好きだっての、知ってるだろ？ 経済・経営・商学部にしろ、金がらみの学部はあいつらの縄張りだもんな。TA-DA!《ジャーン》 われらがマティももうすぐ銀行員！」

ゼイドが僕に手を差し出し、握手してきた。僕がゼイドの手を握り返しながら、そうそう、とアシュトンに向かって相槌を打つ。アシュトンは尻ポケットから財布を出して、黄色い五十ドル札《パイナップル》を米袋に突っ込んだ。そうして、アシュトンはバイトに出かけて行った。

　ゼイドと僕は近所のクラブに出かけた。五十ドル分のビールを飲んで、ビリヤードとダーツをして、地下のダンスフロアで踊った。ゼイドは例によってすぐに女の子たちに囲まれた。本人曰《いわ》く、「世間では、黒人はみんなダンスがうまいと信じているので、「おれは立っているだけでもダンサーだ」。おまけに彼はグッド・ルッキングで、フラート《ナンパ》されることはあっても、「世間では、黒人はみんなあっちもうまいと信じている」と相手を嘲るような目で見るだけで、「おれは立っているだけでもアニマルだ」。しかし、ゼイドが自分からフラートすることは絶対にない。あいつの出た男子校では、「何かスポーツができて、ひとりでも多くの女の子をピックアップ《引っ掛ける》してテイク・ホーム《家にお持ち帰り》」することのできるのが人気者の条件で、最低でも「ひとり以上の女の子とフック・アップ《セックス》したことがある」のがいじめられない条件だったそうだ。しかも、相手の女の子の通っている学校によってポイントを競うので、まるでゲームみたいだった、とか。ゼイドはそういうのがイヤでたまらなかったらしい。「あいつら、やること《ディック》しか頭《ヘッド》にないんだよ」。要するに、彼は真面目で硬派だ。

　僕の傍にも女の子が何人か現れて、体をすり寄せてきた。その中のひとつの顔は

「触らせてあげるから一杯おごってよ」と言っていた。別の顔は僕が腰を振るのをいまかいまかと待っていた。僕の手を取ってしきりにトイレはあちらだと目くばせする顔もあった。僕は彼女たちの前から退散すると、壁にもたれて踊り狂う人影を眺めた。――ただのモノ、ただの肉体の集まり。

クラブを出ると、酔《よ》い醒《ざ》ましに夜のカールトン・ガーデンを散歩した。ゼイドが歩きながら服を脱ぎ出そうとするのを、僕が慌てて止めた。すると、服を着たまま噴水のある池に飛び込んで、ずぶ濡れになって演説を始めた。「世の中、金、金、金だ！諸君、今こそマルクス親分の話を聞きたまえ！」から始まり、「おれみたいな見た目で、おまけにアメリカン・イングリッシュなんか喋《しゃべ》るとな、部屋を借りるのにも一苦労するんだよ。ハイスクールのお偉い先生方にしろ、この顔見るなり「大学よりも職業訓練校の方がきみには現実的なんじゃないか？」」「この国はな、上辺ばっかりのマルティカルチャーだ！」「だいたい、ここは昔も今もアボリジニたちの土地じゃねえか！」そして最後に「どいつもこいつも、人種を見ないで人を見ろ！」と絶叫したあと、池をひと泳ぎした。

深夜、家に帰ってきて、ゼイドを着替えさせてベッドにむりやり突っ込んだ。キッチンでグラス一杯の水を飲む。パントリーに入って、試しに米の袋に手を突っ込んで、アシュトンのスマホをいじってみた。やっぱりうんともすんとも言わなかった。

今朝は、正真正銘の田舎者の奇声で目が覚めた。部屋のドアを開けて、上半身裸のままドアにもたれた。二日酔いでちょっと頭が痛かった。ゼイドはもう出かけていた。そういえば朝イチで口頭試問があるとか言っていた。

「F**kin' miracle!（なおってるぅ！）」

アシュトンに抱きつかれた。スマホの待ち受け画面には、アシュトンとガールフレンドのツーショ。いつもってわけじゃないけれど、何でも信じてかかるやつには、いいことが起きるらしい。

——エイジアン限定のこんな役もたまには悪くない。そう思った。


今日は二講目から六講目までみっちり授業に出たあと、バイトに出かけた。日が傾くと、寒さが冷たさに変わる。休憩時間中、路地でマイカップに入れたエスプレッソを飲みながら本を読む。——この三人組は同じ穴の狢《むじな》だ。三人とも極悪人、地獄の小部屋に永久に閉じ込められている。それでいて開いた扉の外に出て行く勇気はない。出て行ったところで、本当に出て行ったことにはならない。この先も他者と関わる限り……。

サルトルなんて古いとアシュトンには言われた。でも、個人の考えに古いも新しいもないと僕は思う。それにしても「地獄とは他者のことだ《ヘル・イズ・アザー・ピープル》」とはよく言ったもんだ。指先が悴《かじか》んできた。ページをめくりながら、指を曲げたり伸ばしたりしていると、ポケットのスマホがブルブルした。

「まあくん、23歳、おめでとう。そちらはずいぶん寒いのではないですか？　こちらは今年もひどい暑さです。風邪をひいていませんか？　何か送るものはありませんか？」

この数年、自分の誕生日は、母さんか姉貴のメールで当日になって思い出すか、ジェイクの実家から食事に招待されて、バースデー・ケーキとプレゼントの箱が登場したところで気がつくとか、そんな感じだ。イモジェンに「寂しそうな人」と言われているのも仕方ない。もしかしたら、自分で自分の誕生日を覚えていても、誰も祝ってくれないのが怖いから、無意識に忘れるようにしているのかもしれない。

バイトの仕事が終わって、店の外に出ると、ジェイクとイモジェンが立っていた。ジェイクが「マット、バースデー・パーティーやろうぜ！」と陽気に僕を誘う。

「ハッピー・バースデー、マット」

そう言いながら、イモジェンの後ろからアビーがひょっこり現れた。あっ、と小さく声を上げそうになった。

ジェイクとイモジェンが手をとって先に歩き出す。アビーと僕がその後ろをついていく。

「イモジェンに誘われて来たの。あなたの誕生日で、あなたと会うって知らなかったの、ごめんなさい」

「なんで謝るんだよ？」

「だって、わたしがいると不愉快でしょ？」

「きみの、そういうところが不愉快」

バーク・ストリートからトラムに乗って、アイススケート場のあるドックランズまで移動する。みんなで最初はリンクをヨチヨチ歩きしたあと、ジェイクだけが自然に滑り始めた。でも、あとの三人ときたら、いつまでもアヒルかカルガモが氷の上を歩いているみたいだった。街中に戻ってきて、クイーン・ヴィクトリア・マーケットの屋台に入る。それぞれドリンクを手に簡易テーブルに陣取る。「ハッピー・バースデー」の大合唱を聞きつけた店員が、フライド・ポテトの大盛りをサーヴィスに持ってきてくれる。

「おれ、今では冬生まれだけど、本当は夏生まれなんだ」

僕がそう言うと、イモジェンが首を傾《かし》げた。

「ああそうか、今の季節、日本は夏だもんな」

ジェイクがそう口を挟むと、イモジェンは納得顔になり、アビーが僕の横顔を覗き込むのがわかった。夏生まれのマットに乾杯！　とジェイクがもう一度グラスを掲げた。イモジェンとアビーもグラスを掲げる。みんなのグラスに自分のグラスで触れたあと、夏生まれはマットでなくてマサトの方、と僕はひとり胸の中で呟く。

「日本も、夏って暑い？」

言わずと知れたイモジェンの天然っぷりに、夏だからふつうに暑いに決まってんじゃん、と、みんな大笑いする。

「セミがうるさいくらい鳴いて、まるで亜熱帯だな」

灰色の目をパチクリさせているイモジェンにそう返事した。夏に日本なんて、阿佐《あさ》谷《がや》のじいちゃんが亡くなったときに行ったきりだ。

「じゃ、冬は？　これくらい寒いの？」

アビーが訊いてきた。僕の前では怒った顔が多いけれど、これくらい生真面目な表情が彼女の基本の顔であるらしい。そして、その声にはいつも何か迫られる感じがする。

「寒さの種類が違う。キーンって張り詰めた感じ。もしかしたら、ここよりもっと寒く感じるかもしれない」

アビーが小さく頷くのを横目で見た。すると、僕の内側もきしきしと張り詰めてきた。

「そうなんだ？　じゃ、雪は降るのか？」

僕の話を頬杖《ほおづえ》をついて聞いていたジェイクが、急にピンと背筋を伸ばした。

「北の方はもちろん降る。スキーもできるし」

「スキーか！　いいなあ！　……よし、みんな、スケートの次はスキーやろうぜ！　おれ、雪を見たことないんだ。週末、みんなでスキーに行かないか!?　近場で、マウント・ボウボウとかマウント・ブラーとか。土曜に一泊なんてどう？」

ジェイクが思いついたようにそう提案した。猪突猛進《ちよとつもうしん》、待ったなしの元サッカー・クラブのキャプテンは、天性の明るさと最強のポジティブさでチームメイトをグイグイ引っ張っていく。賛成！　とイモジェン。新婚カップルは、結婚して最初の二年間は「今までやったことのないことに一緒にチャレンジする」という計画を実行中であるらしい。二人きりの生活を楽しんで、子どもはそれから、とのこと。なんてったって、ジェイクはまだ二十二歳、イモジェンも二十六歳だ。僕らはそれぞれスマホを出して、学校の、仕事の、バイトのシフトを確認し合う。

「OK！　じゃ、土曜日の昼に出て、日曜日の夜までに帰って来ればいいんだな？」

僕らは強行軍でスキーに出かけることにする。イモジェンがアビーの顔を覗き込む。

「わたしがお願いしよっか？」

アビーが躊躇《ためら》いがちに、思い切った様子で、自分のスマホをイモジェンに渡す。イモジェンは、一つ咳払いをしたあと、僕とジェイクに背を向けて話し出した。アビーはイモジェンのそばで息を殺したように押し黙る。活発な声が上がった。……こんばんは、ミセス・グリゴリアン！　イモジェンです！　ジェイクと僕は身を寄せ合って、小声で話した。

「アビーの親は、イモジェンの言うことだったら、なんでも信用するからな」

ジェイクが僕にウィンクする。

「そうなんだ？」

イモジェンの話し声が聞こえてくる。……この前、検診でリリー・ローズを見かけました。すっかり大きくなって！　えっ、ポピーももう小学校？　デイジーはテニスを始めたんですってね？　みなさん、お変わりなく？

「外泊できないの？　彼女」

「親がうるさいんだよ」

「親がうるさい？」

「彼女の親、どっちもアルメニアの人らしいんだけど、彼女、付き合うにしろ、結婚するにしろ、パートナーにはアルメニア人、って言われているらしいんだ。だから、友だちだろうがなんだろうが、男と外泊なんて無理無理、おれは結婚しているから別だけど」

「なんだ、それ？」

「おれもよくわかんねえけどな。でも、イモジェンがそう言うんだ」

「そういうカルチャー？」

「さあな。イモジェンとおれが知ってるだけでも、アビーをアスカウト《デートに誘う》したやつ、何人いたっけ？　彼女、気が強いぶん、チャーミングだし。でも、あの様子だとガードが固そうだよな？　とにかく、子どもの頃からそういう話になってて、すごいプレッシャーみたいだぜ」

　僕は目でジェイクに答えながら、イモジェンの話し声に耳をそばだてた。……そうなんです、スキーはやったことなくて。ええ、ジェイクとわたしと、わたしの友だちのマティルダも一緒に。マウント・ボウボウかマウント・ブラーに一泊になるかしら？　日曜日の夜には帰ります。アビーとかわりますね……。話し声が止んで、イモジェンとアビーがこちらを向いた。

「Done《完了》!」

イモジェンがジェイクに意味深な笑顔をむけた。

「ベイ《あなた》！　さあ、わたしと、アビーとマティルダで、スキーに行きましょ！」

マティルダって誰？　僕が目を白黒させていると、ジェイクが「もう空きがほとんどないぞ！」と焦りながら、スマホでスキー用品一式のレンタルと、スキー場の近くのリゾートホテルを素早く予約した。そのあいだ、イモジェンとアビーからは、「どうにかして、家を出られないの？」「ダメよ」「あなた二十二でしょ？　こんなのヘンよ、絶対に」「今出ていったら、ママが一人で孫たちの世話をすることになるわ」「それはわかるけど、自分の人生がなくなっちゃうじゃない」「だって、家族なんだから」とか聞こえてきた。僕は、ジェイクに実家からステーション・ワゴンを借りてくると申し出た。マウント・ボウボウまでのドライバー役も請け合った。マーケットの外に出ると、ジェイクとイモジェンは手をとって歩き始めた。

「じゃ、週末な、マティルダ！　アビー！」

　ジェイクとイモジェンは僕らに手を振ると、そのままやって来たトラムに飛び乗った。二人が乗ったトラムを見送ると、サザンクロス駅を目指してアビーと僕は歩いた。

「さっき、あなた、本当は夏生まれだって言ってたけれど、日本にはもう帰らないの？」

　彼女がそう尋ねてきた。帰る理由がないと答えて、僕は続けた。

「あっちには家族はいていないのと同じだし、もう友だちもいない。こっちも似たようなものだけど、友だちはいるし」

　そう、と彼女が小さくうなずいた。

「それにおれの日本語、話すのは大丈夫だけど、読み書きはもうほとんど使い物にならないんだ。自信持って書けるの、自分の名前くらいかな？　最後に行ったのはハイスクールを卒業したときで、新聞も半分以上読めなかった。VCE《ヴィクトリア州教育修了資格》のジャパニーズだって、オーラル《口頭》は良かったけれど、リトゥン《記述》は良くなかった」

　彼女がこちらを向いた。

「わたしはその逆。オーラルはあんまり良くなくて、リトゥンは良かったの」

「アルメニア語？」

「そう。わたし、アルメニアには行ったことないのよ。でも」

「親、だろ?」

僕がすかさず突っ込むと、彼女は肩を竦めて笑った。

「おれは、日本語の補習校通わされたり、サッカーやめさせられたりしたな」

アビーが、あなたも? と小さな笑い声をあげた。

「親はふたつ言葉が話せたら人生思い通りになるみたいなこと言って、子どものためにいいことしてるって信じて疑わないもんだから、取りつく島がない。それでいて、英語が日本語よりうまくなった日には、「日本語で!」「日本人なんだから!」」

そうそう、うちも、何かあったらすぐに「アルメニアではああだ、こうだ」って言うのよね。ちょっと待ってよ、ここアルメニアじゃないし、オーストラリアだしって、何回言い返しそうになったことか、と彼女がうなずく。

「わたし、公衆の面前で親がロシア語で話し出すと居心地が悪くなったわ、オージーの化けの皮を剝がされたみたいで」

「おれは、英語で話されるのはもっと嫌だったな。あんな幼稚園児みたいな話し方をする人たちの子どもだって思われるのが恥ずかしかった。だから、外ではいつも離れて歩いていた。他にもいろいろ面倒くさいことだらけだった。でも、ああいう面倒なのが懐かしくなるときもある」

　彼女が僕をまじまじと見上げた。

「あなたはまだいいわ。面倒でも、あなたには確かな祖国があるじゃない。日本だったら距離も近いし、帰ろうと思えばいつだって帰れる。わたし、帰るところなんかないわ」

　僕は胸を突かれたようになって彼女を見た。

「オージーでアルメニア人だって口で言いながら、本当はそのどちらでもない。生まれたときから、どこの誰でもない。……シドニーを離れたときはつらかったけど、あれはただの子どもらしい愛着。メルボルンは好きでも、ずっとここにいたいかと訊かれるとなんて答えていいかわかんないわ。わたしと比べたらあなたはまさに『メルボニアン』、いつもそんなふうにスイスイ街中を歩いて、どの番号のトラムでも来た順に乗り回して……、なんだか羨ましい」

　彼女の視線を追って、僕も夜空を見上げる。闇の奥にいつだったかの母さんの姿が浮かんで、その目が悲しそうに僕を見下ろす。そこから漆黒の涙が落ちてきた。涙の消えていく先では、彼女の髪に細かい水滴がつきはじめて、街灯の下に来るたび白い網のように光った。

「いい雨ね」

こういう雨は、何ていうんだったっけ？　英語だと雨は「rain」「shower」「drizzle」「storm」くらいしか思いつかない。日本語だったら、なんだったっけ？　僕はふと立ち止まった。

「どうしたの？」

アビーも立ち止まって僕を振り返った。

「いや、何でもない」

彼女がじっとこちらを見てくる。その表情は見る人しだいで決まる。僕は観念した。

「いや、こういう雨、何ていうのかな、って。おれ、ふだんの生活でほとんど使わないような言葉はよく知らない」

そう言ったとたん、口から「霧雨」が滑り出た。続けて、忘れていた日本の雨たちが水の数珠となってつながり落ちて来た。氷雨、春雨、五月雨……。

「何？」

アビーが僕を見つめる。ごめん、何でもない、と謝って、僕は歩き始めた。

「何て言ったの？」

僕は横目で彼女を盗み見る。相手が何を言っているかわからなくっても、聞き逃したり聞こえないフリをすると、その人を無視しているみたいだから追及せずにはいられないタイプ。僕は立ち止まった。彼女も立ち止まった。

「今の、日本語。ま、こういう雨にぴったりっていうのかな」

通り雨、にわか雨、雷雨……。さっきから、懐かしい友だちに会ったみたいに、口元が緩む。

「もう一回」

彼女の顔は彼女の作る人形によく似ている。夜空の下、建物も足元のアスファルトもしだいに濡れて、黒々とした幕に囲まれる。街灯の真下では、トラムのケーブルの影が彼女の顔に木目のような筋を落としていた。その上にある琥珀色の目が瞬《まばた》きもせず僕を見上げた。僕に続いて、アビーが繰り返す。

「Good on you《うまいじゃん》」

僕らはふたたび歩き出す。霧のように柔らかな雨が、その一滴一滴に街の灯りを封じ込め、僕らを包む。前方に横断歩道が見えてきた。あの信号を右にそれたところが、さっきのバイト先のカフェだと僕は彼女に告げた。

「夜はバーになるんだ。小さな店なんだけど」

「……ＯＫ」

横断歩道に向かって歩き始めた。信号まで来たときに、雨がふとやんだ。僕はカフェの黄色い灯りに視線をやった。彼女は僕の視線を追いかけたまましばらく黙っていた。そして、ゴッホの絵にあるカフェみたいね、とつぶやくと、そちらに向かって歩き始めた。僕は彼女の後を大股でついていった。

「あのさ、その荷物、預かってもいい？　スタッフ用のロッカーへ入れておいてやるよ」

店の前で立ち止まると、彼女は振り返って僕を見上げた。その肩から荷物を下ろして差し出してくる。片手でそれを受け取ると、この前よりもズシリときた。

ドリンクが半額になるハッピーアワーを過ぎたばかりの時刻で、カウンター席しか空いていなかった。僕らは横に並んで座る。友人の店員が注文を取りにやってきた。

「カールトン・ドラフト」

「マンハッタン」

テーブル席では、学生のグループが大声で何やら議論をしていた。ビールとカクテルが現れた。僕らは飲み物に口をつけながら、彼らの話に耳を澄ました。どうやら「環境問題」が題目であるらしい。

彼女がグラスから唇を離しながら呟いた。

「わたしもハイスクールのときは、ああやって、熱く語ってたわよ、CO_2減らす、とかなんとか。デモにも参加してたけど、今はもうやらない」

「何でやめたの、デモ？」

彼女は瞬きしながら答えた。

「ある日、『環境問題』のデモに参加したのね。学校サボって。夏の暑い日だったの、四十度超えの。何人かの友だちと一緒にね。そのなかに親の車で送ってもらった子がいて。それが、デモをやっている間中、その子の親はエアコンをガンガンにつけて、車で待ってたの。周りにもそういう車がいっぱい停《と》まってたわ」

「CO_2出まくりだな。地球の温度、上がりまくりじゃん」

でしょ、と彼女は小さくうなずいて、友だちも、じゃあねー、明日学校でね、とか言いながら、エアコンのきいた車に乗り込んで帰ったわ、と唇を「へ」の字に結んで目を白黒させた。

「だから、わたしはCO_2出まくりの人の移動が伴うデモはやめて、別のアプローチをすることにしたのよ」

「どんな？」

僕はビールを片手に持ったまま、彼女の方に身を乗り出した。彼女もこちらに少し身を寄せた。

「廃品を使ってこんなのを作ったの。新しいものは何も使わないで」

彼女がスマホを出して、画像を見せながら僕に差し出した。地球の絵、と思ったら、彼女の手が画面に伸びてきた。何かのモザイクのようなその絵の、カラフルな点のひとつが彼女の指先で拡大されて、「TWINING《トワイニング》S」という小さな文字が見えた。

「ティーバッグの糸の先に、小さな紙がついてるでしょ？　お茶を飲むたびに、あれを捨てないで集めて、モザイク画を作ったの。それをポスターに加工して、もちろん再生紙でよ、あちこちに貼ったの。それに、ほら、こうやって見ると」

彼女が片手でスマホの角度を変えた。やや赤茶けた地球の表面にF**K OFFの文字が浮かび上がった。

「地球が怒ってるの、人間に対して。自分をこんなふうにしたのは、誰のせいだ、って」

僕が笑うと、だって、プロテスト《抗議》を含まない作品なんてアートとは呼べないとわたしは思うんだけど？　と、彼女は目を瞬《しばたた》かせた。ポスターの効き目はあったかと尋ねると、ジロリとこちらを睨んできた。つくづく、目でモノを言う子だなと僕は思う。

そして、活動団体から問い合わせがあったわ、デモのプラカードに使いたいって、と、面白そうに肩を竦めた。

「だから、やっぱりわたしはデモをやってることになるかしらね」

あなたはデモに参加しないの？　と、彼女が頬杖をついたまま首を傾げた。その視線は、そこに腰を下ろしたときと同じく、カウンターの奥に並ぶジンやウオッカの瓶に戻っていった。僕はふっと力が抜けたようになって、デモが苦手な本当の理由を思わず口にしてしまう。

「おれ、ああいう大勢でなんかやるのって、どうも苦手なんだ。集団行動が苦手とかじゃなくて、あのわけのわからない連帯感っていうか、一体感に酔っぱらうというか、幻覚めいてるっていうか、ちょっとしたドラッグみたいで怖くてさ」

「怖い？」

彼女は体を正面に向けたままこちらを見た。ペンダントライトの下で、赤いカクテルが裸電球の黄色い灯りと混ざり合い、オレンジ色の火の粉となって弾けた。

「いいことだろうが、悪いことだろうが、みんなでやれば全部正しいことになる、ちょっとした『錯覚』みたいでさ。隣の人の真似をするだけでなんか安心、みたいな。あれだけ大勢のなかにいると、自分の考えなんか吹っ飛んで、何やってるのかわからなくなりそうだ。そうなると、おれみたいな疑《うたぐ》り深《ぶか》いやつは、みんなで揃って大声を出すのは、何かを訴えるんじゃなくて、声の小さい他のやつを黙らせたいだけだからじゃねえの？　とか思っちゃうんだ」

アビーは耳の小さなピアスを指先で弄《もてあそ》びながら、しばし黙ったあと、みんなでやれば全部正しいことになる、声の小さい他のやつを黙らせたいだけ、と僕の言葉を繰り返した。

「……わたし、そういうの、たまんないわ」

それを耳にするなり、僕は妙な気分になった。相手に触れもしていないのに、自分のどこかが彼女のどこかと重なる気がした。これも例の「錯覚」みたいなものなんだろうか？

「いいよな、何か作れる人って」

カウンターに空のビール瓶を置いて、僕は正面を向いて頬杖をついた。

「そうかしら？　何かを作る技術なんてその気さえあれば、誰でも身につけることができるわ。でも、何を作るのかと訊かれたら、すぐ答えられる人は少ない」

「それ、どういう意味？」

僕は彼女に向き直った。

「何か作れるのに、何も作れないっていう意味」

「……悪い、おれ、よくわかんないや。ごめん」

いいのよ、だいたい、相手の考えていることがわかるなんて言って憚《はばか》らない人って、ある意味無礼だと思うわ、と、アビーがグラスを軽く揺らすと、底に残っていた液体がグラス全体をゆっくりと巡っていった。

「何も作れないのは、何も作る必要がないからじゃない？　満ち足りた人は何も作る必要がない。だから、幸せな人は、何も作らない」

アビーが遠慮がちに見つめてくるのを、僕は見つめ返した。人は不幸でないと何かを作れないと彼女は言いたいんだろうか？　僕はそのまま黙って彼女を見据えた。アビーが我慢できなくなったように目を伏せた。

そうして彼女が僕の視線から逃れたところで、またこの役か、と僕はもどかしくなった。こっちに来たばかりでまだ英語が話せなかったころ、小学校で劇に出た。顔を茶色に塗られて、客席の一点を見つめたままじっと立っているだけ。客席から何百もの目に見つめ返されること自体、まるでお仕置きみたいだった。セリフのない木の役をやらされたこと以上に、セリフを与えられなかった自分自身が恥ずかしくて仕方なかった。と同時に、自分がそこにいることを、無言で叫んでいた。木とはそういうものだ。

あのときは、みんなから見られている間ずっと、石みたいに固まってしまったけど、今はたった一人の相手から目を逸らされたことで僕はすっかり身を硬くしている。そこで、こちらから彼女を覗き込もうとしたら、アビーがゆっくりとこちらを向いた。

「マット。……あなたは、何を作りたい？」

「おれ？」

「だって、あなたこそプロテストしたがっているみたいっていうか、なんだか、いつも怒ってるから」

誰かさんと同じようなことを言われて、僕はそのとき以上に心外だった。

「い、いつも怒ってるって……」

僕は口籠もった。デモに参加することができるのは、電気のスイッチを押すみたいに、怒りの矛先がはっきりわかっているからかもしれない。人種差別にしろ、貧富の差にしろ、環境問題にしろ、いろいろと腹が立つことはある。だけど、僕の場合、そんなピンポイントで示せるような対象ではないことだけは確かだ。

「もしかして、わたしに怒ってるの？」

アビーが顔をこちらに向けた。彼女に腹を立てたのは、ケンカしたときだけ。少なくとも、今は怒っていない。面白いことを言う子だなとは思う。面白い話ができる子って、たいていすごく物知りだ。でも、中には自分の知識、自分の判断だけでしか喋れない子もいる。そうなると自分の話しかできなくて、うんざりしてくることもある。だけどなぜか、この子には、もっと自分の話を聞かせて欲しい。彼女自身の話を、もっと。

「きみには怒ってない。第一、怒る理由がない」

アビーが不思議そうに首を傾げる。彼女の迫りくる声に、無言で語りかけられているようなしぐさが合わさると、その目で自分でも探ったことのない心の奥底をかき乱されているような気分になった。どこを見ていいのかわからなくなって、僕は彼女のカクテルに視線を注いだ。グラスが爛《ただ》れたように見えるその色は、見ているだけで、酔いが回ってきそうだった。

「あなたはわたしのことを怒ってない……、だったら、わたしのことが嫌い？」

こちらが返事する間もなく、アビーはその場で立ち上がってカクテルを一気に飲み干すと、カウンター越しにオーナーに声をかけた。オーナーが僕にウィンクをしてきた。サーヴィスということらしい。

店を出て、二人で並んで歩いているあいだじゅう、僕は彼女の言う「だって、なんだか、いつも怒ってる」状態で、何も話さなかった。嫌いなやつとは口もききたくないに決まっている。その逆の相手とは、口をききたくても、きけなくなってしまう。

信号までやってきた。僕らは並んで立ち止まった。坂の下の暗闇から徐々にトラムが見えてくる。アビーは小走りに横断歩道を渡った。僕も赤信号を無視して駆け出した。

「送っていくよ」

停車したトラムのドアの前に彼女と並ぼうとしたら、彼女の手のひらが僕を止めた。今夜はもうひとりにして、お願い、とアビーは小さく呟くと、くるりと背中を向けた。ドアが閉まった。テールランプが赤い月となって坂の下に沈み始めた。

横断歩道を引き返して、交差点に滑り込んできた大学行きのトラムに乗り込む。雨が降ってきた。トラムのレールも冷たく濡れて、いつも以上に冴《さ》え冴《ざ》えとしたその銀色の光が、その夜はひどく恨めしく思えた。

窓の外には濃い闇があった。視界が暗闇に慣らされていくにつれ、僕は周りの漆黒に溺れていくような気がした。

ハビーへ

前のお手紙から、いろいろありました。あれから、もう何年もたったみたい。何からお話ししましょうか？

今日は手書きでなく、タイプします。便箋でなく白のコピー用紙に。だって、自分の手書き文字ほど、後から目にして心乱れるものはないでしょ？　今日はただ、黙って話を聞いてもらいたいんです。人の話に最後まで耳を傾けられる人って、実はなかなかいない。大抵の人は、すぐに口を挟んで、ああだこうだと人のことをジャッジ《非難》する。あなたは、そうじゃないことを祈ります。

母と大ゲンカになりました。あとにも先にも、親に対してあんなひどい口のきき方をしたのは、あの時だけです。結論から言ってしまうと、転校することにしました。

現段階に至るまでの「最悪のシナリオ」はこうです。

美大主催のコンテストで入選したのは、お話ししましたよね？　それで、美大と職業訓練校のどちらにするかで迷い始めていた矢先、州立の、工科大学付属のハイスクールから連絡がありました。十一、十二年生のVCE生だけの美術・工芸専門校で、そこのスカルプチャ《彫刻》の先生がわたしの入選作に興味を持ってくれて、つまり、推薦入学のお誘いでした。

「男女共学」と聞いて、父はあまり喜んでいませんでした。わたしをミドルトンへ入れたのは、アルメニア人ではない、つまり地元の男子と接触させたくなかったからです。それでも、卒業後は工科大学のデザイン科に優先的に入れると知って、それも一つの道かもしれないと言ってくれました。

というのも、姉は正式に離婚が成立したのですが、年齢の割にこれといった資格もキャリアもないせいで、今度は正式な就職ができないのです。彼女がこちらに来たのは十五歳のとき。英語を話せるようになるのはそんなに時間はかからなかったようですが、読み書きとなるとそうはいかなかったようで、VCEも終わらせることができないまま、十一年生で学校をやめて、十七歳でビール工場に働きに出ました。

さらに、三人目の娘のリリー・ローズは心臓に欠陥が見つかりました。新生児のときにはよくある「心雑音」と言われていたのですが、上の二人と違って、ミルクの飲みも悪いし、体重も増えないし、なんだか青白くて弱々しい、何か病気があるんじゃないかと疑っていた姉の予感は的中しました。心臓の壁に穴があるそうです。もう少し体が大きくなって体重が増えたら手術するそうですが、家族じゅう、気が気ではありません。

わたしは、父と母が姉を連れてこちらへ移住してきた翌年、ひょっこり生まれた子どもです。移住の理由は要約すると、ソビエトの崩壊後、国内の情勢が安定しなくなって、そこで新天地、といったところでしょうか。もしあなたが国外のディアスポラにいるなら、あなたのご両親も、そうですか？　ともかく、四十歳を過ぎてやってきた新天地で、すっかり諦めていた二人目を授かったものですから、わたしのことは父も母も姉も、それは可愛がって育ててくれました。わたしは彼らにとって、彼らの新しい祖国、新しい故郷です。

そんな母に「ママは何もわかっていない！」だの、「わたしはママみたいにだけはなりたくない」だの、挙句、「ママなんて、アルメニアに帰ればいいのに！」なんて、わたし、言ってしまいました。母には、「ここへ来たのは、間違いだった」と泣かれました。

先ほどお願いしましたが、どうか、母をジャッジしないでください。母が、犠牲にかこつけて、娘から愛情を勝ち取るような嫌な人間に映るようだったら、それはわたしの書き方、わたしの文章が悪いせい。わたしが、母をどれほど愛しているかはわかってくれるでしょう?

でも、親子でこんな大ゲンカをしている最中にも、親が感情の極みをもってわめき散らしているロシア語が、子どものわたしにはまったく口にできないことが不思議でたまりませんでした。わたしは、一体、何語に育てられたんでしょうか?

最終的には、「アルメニア語の補習校は続ける」ことを条件に、転校を許してもらいました。わたしがまだアルメニア人であることをやめないためには、アルメニア語を続けるしか方法がないようです。わたしは、両親の古い祖国の記憶に育てられたのかもしれません。遠い土地での遠い日の記憶ほど、ノスタルジックなものはありません。死んだ人はどんな極悪人であれ、すべて善良な人に思えてくるのにこの上なく似ている。それに、人って、自分が何者かを証明するためになら、どんな犠牲でも払うものみたい。ときには、自分の命でさえも。

いずれにせよ、わたしの選び取ったことは、両親と両親の祖国に対する背信行為です。

あともう少しで、十年生が終わります。みんなそれぞれ進路が決まって、学年の三分の一は、ミドルトンを去ります。その中で、転校が理由の生徒は、どうやら、レイラとわたしだけ。レイラは選抜制州立校の試験に合格しました。進歩的な考えの彼女には、「お上品でしつけに厳しい」女子校はきゅうくつだったようです。もちろん、転校先は男女共学で、州立特有の「ハングリー」さと「リベラル」な雰囲気であふれているそうです。

ハビー。こんなわけで、わたしはどこへ行っても、やっぱり変わり種みたい。だから、もう、「ふつう」になるのは諦めました。ただ、人と違っていることが不安なだけ。正直なところ、不安で不安でたまらない。それって、友だちはいても味方がいなくて、一人ぼっちになることだから。新しい学校には、ジャッジメンタルな人が一人でも少ないことを願わずにいられない。

最近では、人に見られると、どんな顔をしていいのかわからない。どう振る舞っていいのかわからない。人にどう思われているか、人の目に自分がどう映っているか、気になって仕方ない。特に、気に入られたい人、せめて嫌われたくない人の前だと、思うように振る舞えない。

これって、ある意味、無感覚。まるで、自分の体じゃないみたい。他の人の体も、大きな壁か開かないドアに見えてくる。

では、また。

裏切り者

好きな数字は何かと訊いたら、3とか7って答える人が多い。大学の友だちで中国系のやつは、スマホやタブレットのパスコード、それから車のナンバーにも必ず「8」を入れるようにしているという。こっちでは6は「不完全」な数だそうで、あまり人気がない。「13日の金曜日」で、13が不吉かといえば、そうでもない。ハイスクールでも13番教室もあれば、ロッカールームにも13番のロッカーはあったし、スポーツの試合でも、みんな平気で13番のゼッケンをつけていた。どうやらカルチャーによって、数字の顔は違ってくる。

僕は素数以外だと「4」が好きだ。まず、偶数だ。偶数は素直で、奇数みたいに引っかかりがなくて、フレンドリーだと思う。数字の4は、日本では一番嫌われる。僕も日本にいたときには気味が悪かったけれど、今ではほとんど気にならない。それに、こっちでは、4は「for」と発音が同じで、略語にもよく使われる。たとえば「4U」は「for you」のことだし、ガレージセールの前には「4 Sale」の看板が上がっている。旅行やレストランのファミリー・パッケージだって、大人二人と子ども二人の四人家族のことを指す。列車のコンパートメントも向かいあってペアが二組で、合計四人。数字の4は誰かと連れ立って旅する番号だ。

週末の朝、濃い霧が立ち込めていた空は昼には冬晴れの青空になった。前方の運転席に僕、助手席にジェイクの二人。後部座席にイモジェンとアビーの二人。車に乗り込んで、バックミラーで目が合うと、アビーは一瞬僕をじっと見てすぐに視線をはずした。僕も目前の道路に視線を戻した。ハイウェイに乗ってからも、何度かバックミラー越しに見たり見られたり。そのたび、あのときなんであんなことを訊かれたのかと思う。なんであんなふうに答えたのかと思う。話すのって、口調にしろ口癖にしろ、一瞬でその人の正体が現れてしまう。しかも、いったん口にしたら、あとから訂正できない。だから、取り返しがつかない。

そうして、男子二人＋《プラス》女子二人の合計四人で僕らは雪山に出かけた。

あたり一面の銀世界に到着、ホテルにチェックインすると夕方近くだった。夕食まで時間があったので、みんなで周辺を散歩しようということになった。

　雪のかけらが僕ら四人にふわりふわりと降りかかる。ジェイクは今まで雪を一度も見たことがないからか、すごい興奮ぶりで、ガキンチョみたいに雪の上を駆け出す。僕の後ろではイモジェンとアビーがおしゃべりしながら歩いている。イモジェンはストライプ柄の帽子、アビーは大きなドット柄の毛糸の帽子。白一色の中で、カラフルな帽子と帽子が寄り合って、ときどきクスクスと笑う。

「マット！　来いよ！」

　僕はジェイクの後を追って、丘を駆け上がった。向こうに低い山並みが見える。遠くの木立は白い小枝のようで、そこから沈みかけの夕陽のオレンジ色が氷柱《つらら》のように滴っている。

「Oh, my……」

　その風景は、まだ日本にいたころ、親二人と、姉貴と、僕とで遊びに行った北国の雪山を思い出させた。父さんがどこからかソリを借りてきて、母さんが姉貴と僕の手に手袋を嵌《は》めて……。父さんが汗だくになりながら、僕らを乗せたソリを何回も丘の上まで引っ張っていって、滑り下りるときには姉貴の腰に両手でしっかりつかまって、冷たい風が一気にやってきて、周りの何もかもが超スピードで流れていって、姉貴の帽子の先についた毛糸のポンポンが顔に当たってくすぐったくて、下で母さんがそれをカメラで撮って。「つかさ、まあくん、こっち向いて！」って……。

「マット！」

ジェイクが丘の向こうから呼んでいる。僕は親友のもとへ駆けているつもりが、雪に足を取られてなかなかたどり着かない。

「マット！　早く！」

「待てよ！　ジェイク！」

雪の中から片足を抜いたり入れたりしながら、足だけじゃなくて、こいつにはいろいろ、なかなか追いつけないな、と僕は思う。

「おまえ、やっぱ、足速いな」

ジェイクに追いつくと、僕は息を切らせてそう言った。へへへ、おれはおまえと違って小回りがきくんだよ、とジェイクは笑う。今でも週に一度、成人のサッカーチームでプレイしたり、ジム通いもしているからか、ジェイクの駿足《しゅんそく》は全然衰えていない。

「子どものころ、学校でよくやったよな、チェイシー《鬼ごっこ》」

ジェイクにそう言われて、ああ、おまえはスポーツなら、なんでもこいだったよな、と、僕はジェイクと並んで雪の上に大の字になった。

「おれ、姉さんたちみたいに頭が良くないんで、体で勝負しなきゃって思ったんだ」

「そうなのか？」

「そうさ。それに、ユダヤ人って頭がいいって思われているだろ？　あれが嫌で嫌でたまんなかった。だから、サッカーとか、スイミングとか、サイクリングとか、体を使うことばっかりやった。ユダヤ人って可哀想《かわいそう》、みたいな、ヘンな同情も嫌だったね。おれ、自分のこと、可哀想とか思ったことないし。学校だって姉さんたちと同じユダヤ人学校じゃなくて、ワトソンを選んだ。……ああ、ヴァイオリンだけは別だな。楽器本体はドイツ製かイタリア製、弓はフランス製、弾き手はユダヤ人、って言うらしいけどさ。でもおれは、おじいちゃんが弾くのを見て、どうしても弾きたくなったんだ」

　こいつのこういう話は初耳だったので、僕はじっと黙って聞いた。ガラスの砂のような粉雪が僕らの身体《からだ》の上を攫《さら》っていった。

「もっと嫌だったのは、すぐに、ユダヤ人って金持ちだとか、ケチだとか、悪知恵が働くとか、そんなふうに決めつけられることだったな。父さんも母さんもおれのことを無理矢理ユダヤ人に育てようとしたことはない。おじいちゃんなんて、おれが健康でハッピーだったら、何人《なにじん》でも構わないっていつも言ってくれていた。ドイツ系のイモジェンと婚約したときなんて、「私たちの世代ができなかったことを、ジェイクがしてくれた」って」

こいつの家族らしいや、と、僕は微笑《ほほえ》んだ。

「でも、子どものときから、ハヌカーのお祭りには家族で九本の蠟燭に火をつけてきた。おれんちで蠟燭に火をつけるって言ったら、一本きりじゃなくて九本だ。バルミツバーのお祝いにもらったお金だって、今も封筒に入れたまま記念に持っている。たぶん、一生使わないだろうな」

最後のオレンジ色の光が、雪の丘の向こうに消えた。ジェイクは息を白く凍らせながら、僕を見た。

「おれは、ユダヤ人らしく、一つの土地とか国とかにこだわらない。だけど、おれは、オージーらしく、おれの家族と友だちにこだわる。特に、おまえみたいなやつとかな、マット」

ジェイクは立ち上がって雪の球を作ると、僕に投げつけてきた。僕も雪の球を投げ返した。小学校の校庭でフッティーのパスをしたみたいに、雪の球をおたがいに投げつけあいながら、子犬みたいに転げ回った。

「ジェイク！　マット！　わたし、もう凍えそう！　アビーと先に帰るわよ！」

丘の下からイモジェンの寒さに震える声が響いた。

「My love！　待ってな、すぐに温めてやるよ！」

ジェイクがそう返事すると、僕らは肩を組んで白銀の丘を降りた。


翌日は、朝からひどく冷え込んだ。

午前中、ジェイクとイモジェンはスノボ教室、アビーと僕はスキー教室に参加した。ジェイクはやっぱり勘が良くて、基本を教えてもらったあとは、初心者とは思えないくらいの上達ぶりだった。ランチもそこそこに、スノボに熱中し始めた彼を激写するために、イモジェンも彼を追いかけて行った。僕とアビーは教室のあと、一緒にランチを食べた。くもり空がだんだん晴れ渡るにつれケンカのわだかまりも消えて、ゲレンデを散歩した。男の人が青いプラスティックのソリを引っ張っているのにすれ違った。ソリには、小学生くらいの男の子と女の子がひとりずつ。優しい笑顔を浮かべた女の人が、そのあとをついていく。

「あれ、やろうか？」

家族連れを見送りながら、僕は立ち止まった。子どもみたいじゃない、とアビーが肩を竦める。やろうよ、大人用のソリだってあるぜ、と僕はいつになく強引に誘う。

そうね、スキーより簡単そうだし、ＯＫ、と彼女がやっと返事する。

ゲレンデでソリを借りる。昨日ジェイクと「チェイシー」をした丘にやって来た。ゲレンデよりずっと人が少なくて、雪と青空に囲まれてとても静か。ソリを引っ張って丘を登る。アビーがソリの前側に乗る。僕より一回りも二回りも小さい背中の向こうに、真っ白な山並みが見える。

「いくぞ！　Ready, Set, Go!」

僕が彼女の後ろに飛び乗ると、ソリは丘を勢いよく滑り下りる。

「Nooooooo!」

「Hooray!」

丘の麓で、ソリごと僕らはひっくり返った。上半身を起こすと、雪が目にも口にも入って来た。アビーは雪に半分体が埋まったまま。マットったら、いきなり飛び乗るんだもの、びっくりするったらありゃしない、と彼女が笑い声を上げながら息を切らせる。ごめん、と謝りながら、僕は跪《ひざまず》いて彼女の手をとると、起き上がるのを手伝った。二回目はアビーが後ろから飛び乗って滑る。

「しっかり掴まってろよ！」

「ＯＫ！」

僕の腰に回された彼女の両手が食い込んでくる。ソリはひっくり返らず無事停止。

「子どもの遊びだってナメてたらダメだ！　結構楽しいじゃん」

「ホント、スキーよりスリルがあるわね！」

彼女と僕の白い息と笑い声があたりで混ざり合う。彼女がソリを引いて丘の上に駆けあがる。僕はその姿を追いかける。

あなたが前だと、景色が全然見えないわ、との彼女のクレームに、三度目は僕が再び後ろ。

一度目と同じように、僕は彼女の後ろからソリに飛び乗った。彼女の背中を中心に、周りの景色が飛んで行った。彼女の髪の毛先が顔にかかるたび、僕はそこへ唇を持って行った。ソリがひっくり返った。おたがいに雪の中に倒れたまま、何も言わない。

あたりは静まり返っていた。頭上の空は抜けるように遠く青かった。雲ひとつない、空色の空白。希望と可能性で埋めつくせそうな蒼穹《そうきゆう》。ふと、ある物語の将校が戦場で見上げた空は、これに似ていただろうかと思った。この大空のほかに、確かなものなんてこの世にない。この無限の広がり、この静けさ、この青さに比べれば、僕なんてゴミ以下、存在しないのと同じだ。それでも、僕は生きていかなければいけない。僕は僕を生きなくてはいけない。この白い雪の上で灰塵《かいじん》のように悪目立ちする、この世でたったひとりの自分を感じながら。僕は急に怖くなって、起き上がった。

腹這《はらば》いで彼女に近づくと、あおむけに倒れていた彼女の顔を覗き込んだ。限りある命の尊さ儚さが、僕をまっすぐ見つめ返す彼女の目から伝わってくる。その瞼《まぶた》がゆっくりと閉じ、封をするように睫《まつ》毛《げ》が降りる。雪のかかったその口に僕は自分の唇をつける。唇と唇のあいだで雪が溶けていく。その温かい水を唇で奪い合う。跳ね回る胸の鼓動が、僕が、彼女が生きていると伝え合う。

とつぜん、僕を押しのけて、彼女が立ち上がった。

青空の向こうに駆け出す彼女の足元で、きゅうきゅうと雪が、鳴き砂のように苦しげに鳴いた。雪原に遠のいていくその声に、僕はいつまでも耳を澄ました。

ハビーへ

緊急報告。

三女のリリー・ローズが予定よりもずっと早く手術することになりました。

授業が終わってロッカーでスマホをチェックしたら（州立校では授業の時間帯はス

マホは一切禁止。だから、朝の八時三十五分にロッカーに入れたら、午後の三時半まで見ることはありません）、午前十一時すぎに母からメッセージが来ていました。今朝、母が検診に連れて行って、そのまま入院になったとのこと。もしかしたら、心臓にある穴が自然に閉じるかもしれないと淡い期待を抱いていたのですが、その気配はまるでなく、体が大きくなるにつれ、心臓と肺への負担が大きくなっているとのことです。

姉は正午に就職のインタビューが入っていたのですが、即キャンセルして病院に駆けつけたようです。ドクターからは「よくある症例」だと説明を受けても、一人の母親にとっては「よくあること」で済まされることじゃありません。

手術は来週の月曜日に決まりましたが、病気が見つかって以来、姉は生きた心地がしないようです。四六時中、神経をピリピリさせていて、ミルクを吐き戻しただけでも大騒ぎします。そして今日の姉は、その最たるものだったようです。病院に着くなり、すでにベッドに寝かされていたリリー・ローズを見て卒倒しそうになった様子。幸い、とても気配りのできるナースが、そんな姉のメンタル・ケアも請け負ってくれているようです。母もそのうちお世話になるかもしれません。

新しい学校は二クラスしかなくて、十一年生と十二年生が交ざっています。必修は一般英語と数学メソッドと幾何、人体デッサンに美術史です。選択科目は、VCEの芸術系の科目を中心に、全部で五科目を履修すれば卒業です。そのあとは、おそらく、工科大学のデザイン科に進むことになると思います。

ランチタイムには大抵スカルプチャのスタジオにいます。マリオネットのデザインや制作が楽しくて仕方ないんです。これは、学校の課題にまったく関係ありません。

リリー・ローズが通う小児病院で、ボランティアの人形劇団を見て、「あ、これだ!」と思ってしまいました。あんなに不思議で素敵な世界はありません。ドールハウスが人間の家の縮小版でないのと同様、人形劇は、人間の劇をミニチュアにしたものではなく、まったくの別世界です。人形劇は、人形という無機質の物体、仮の姿を借りて、見る人が自分の頭の中で作り出すイメージに心を動かされるのかもしれません。あれを見ていると、それぞれの人の中にある虚構の力、その人自身のイマジネーションこそが、その人の心を動かすのではないかと思います。それを披露するのが病院のような場所で、重い病を抱えた子どもとその家族が観客となると、彼らの願いは生半可なものではありませんから、なおさら、虚は真実味を帯びてくるような気がしないでもありません。そのためには、すべてを慎重にやらなければいけない。ほつれやつなぎ目、結び目が見えてはいけない。

だから、わたしがあなたにこんなふうに自分の本心を「reveal《明かす》」するのは、あなたがわたしの理想と願い、つまり「虚」の人ゆえだからかもしれない。

ためしに、マリオネットを見様見真似で一体作ってみたのですが、こんなに自分の感情が乗り移る表現対象、自分の姿と同じ形をした立体、があるでしょうか？「体の動き」がアートになるなんて、思いもよりませんでした。その動きが見えない感情を形づくると、人形の表情まで変わって、ただの人形が何らかの生き物になります。ハイスクールが終わって、無事に大学に入学できたら、その人形劇団の制作を手伝わせてもらう約束もとりつけました。

そんなわけで、新しい学校は楽しいです。ミドルトンのあの女子だけのあけっぴろげな雰囲気がなつかしくなるときもあるけれど、やっぱりこれで良かった。でも、何かを選んだり決めたりするたび、自分って何てちっぽけなんだろうと思ってしまいます。この自分にやれることはほんとうに限られている。自分の周りが、世界が、わたしひとりにのしかかってくるみたいです。

今日はこのへんで。

A

「わざわざすまんな、マット」

「僕、楽しんでいますから」

「さあ、何の味がいい？」

「今日は僕にご馳走《ちそう》させてください」

「何を言う。私は教え子には奢《おご》らせない主義なんだ。さあ、何の味だ？　今日はキャラメル味はダメだぞ」

「え、どうして？」

「いつもそれじゃないか、きみは。他の味もためしてみたまえ。このところ、新しい味が増えたんだ」

「じゃあ、マッチャ味にしようかな」

「よし、私もそれにしよう」

母校のハイスクールのカフェテリア。演劇科のキャンベル先生と薄緑色のソフトクリームを舐《な》める。先生は相変わらずだ。髪の毛が一本もなくて、近くしか見えなくて、せかせかしていて、まなざしが鋭い。僕が母さんの反対を押し切って、帰国せずにこの国に残ったのは、この学校のステージに立ちたくて、そして、この人の授業が受けたかったからだ。十一年生に上がるとき、理数系のスカラシップ生となった時点で、ドラマの授業を受ける余裕がなくなってしまった。だけど、その後も、課題パフォーマンスやスクール・プロダクションのたびに、舞台裏を手伝わせてくれた。観劇のエクスカーション《見学会》のときにも必ず声をかけてくれた。卒業までの最後の二年間は寄宿舎の舎監としても、先生とは毎日顔を合わせていた。

今日は、VCE生の試験を来週に控えて、その最終チェックをして欲しいと呼ばれてやって来た。学外からの観客がいることで、生徒のパフォーマンスに最後の磨きがかかる。下の学年のソロ演技も見せてもらった。

卒業後、こうして毎年のように呼ばれている。ここの生徒だったときは、ステージに出るのが好きだった。でも、今はステージを見るのが好きだ。

「この色、あんまり美味《おい》しそうに見えなかったけど、うん、うまい」

「そうか。そりゃ良かった」

僕からは近況や大学での出来事、先生からはワトソン・カレッジの今年の定期公演の話が出たあと、その日の生徒たちのパフォーマンスの話題に移る。なかでも、ソロでモノローグをやった十年生は、本番と同じステージ環境で、ひどく緊張していて、自分の考えてきたストーリーもぜんぶ忘れてパニック状態だった。モノローグはパブリック・スピーキングの形でもいいし、一人称の語りでもいいし、三人称でもＯＫ。その他、詩の朗読（課題の詩でも自分の書いたものでも可）をやってもいいし、即興のストーリーテリングをやってもいい。昔とった杵柄《きねづか》ということで、キャンベル先生に勧められて僕もステージに上がると、即興のストーリーテリングを披露した。先生によると、例の生徒は、教室ではとても良いパフォーマンスをするということだった。

「きみのような大先輩が目の前にいるとダメみたいだな、ジャスパーは」

キャンベル先生がいたずら小僧のように笑う。

「観客の前で『自分を見せる』ということは、大勢の視線を浴びるということだ。彼のように感度が良くて、繊細なタイプだと完全に身構えて身動きできなくなるか、そこから逃れようとして大暴れするかだな。そうなると、クモの巣に引っかかった小さな虫みたいなものさ。しかし、観客のいない演技など、リハにすぎん」

「それで、僕が観客がわり、と」

「私が生徒たちに、執拗《しつよう》に「やり過ぎるな」と繰り返していたのを、きみは覚えているかね？　やり過ぎると、自分に集中できなくなる。演じるのでなく、大袈裟《おおげさ》な身振り手振りに自分の中身を振り回されるだけになる」

「へへへ……。僕もよく注意されました」

「ところで、きみのモノローグは、よりセリフらしくなったね」

「え？」

「今日のは、役者と観客を繋ぐような独白《soliloquy》だったよ。あれは、独り言でありながら対話でもあり、観客に自らの声を聞かせるためのセリフだ。たとえば、『ハムレット』にはそういうセリフが満載だね。『To be, or not to be, that is the question（生きるべきか、死ぬべきか、それが問題だ）』なんていうのはその代表だ」

「ハムレット」は一人の人間でありながら、いろんな顔を見せるところが魅力的、状況に応じて複数のペルソナを使い分けるところも、今の若い人にはリアルに映るだろうな、と先生は自問するようにつぶやく。

「きみは、『ハムレット』は狂気を装っていただけだと思う？　それとも、本当に狂っていたと思う？　どうやら、亡霊の声は彼にしか聞こえていないようだが？」

いつもならなんでもお見通しだと言わんばかりの先生の視線が、このときばかりは僕の顔に答えを探し始めた。

「さあ……、それはハムレット本人にしかわからないんじゃないでしょうか？」

僕の答えにキャンベル先生は、きみに一度あの役ををやらせたいもんだ、とニヤッとした。

「ともかく、私には、きみが前ほど『やり過ぎ』てはいないように思うね」

僕は半信半疑に顔を上げる。キャンベル先生がじっとこちらを見つめてくる。僕はそれを見つめ返して、ふっと笑顔になる。

「ほら、今の」

「はい？」

「今の顔。私の前でも、その顔ができるようになった。以前だったら、身構えて、完全にフリーズしていたね、今日のジャスパーのように。あれはやり過ぎ。でも今は、いい具合に力を抜いて、自分を解放できるようにもなった。ま、私も、やっときみに信頼してもらえるようになったってわけだ」

キャンベル先生はソフトクリームのコーンをしゃくしゃくと噛《か》み砕くと、ぐっと飲み込んで立ち上がった。

「マット。きみ、だんだんといい仕上がりになってきているよ。若い青年の役」

ハビーへ

お元気ですか?

わたしは十二年生も終わりに近づき、VCEの試験の準備などで毎日忙しいです。でも元気。春らしくなって、学校の行き帰りにトラムに乗ったり、道を歩くだけで何だか嬉しくなっちゃう。庭のボトルブラッシュの真っ赤な花にはロゼラやワトルバードがやってきます。カラフルな鳥たちが来るのを見て、デイジーたちが喜ぶので、パパが庭のテラスにエサ台をつけました。今朝はそこにピンク色のガラーと黄緑色のパロットが来ていました。


ところで、先週シドニーへ行ってきました。成人のお祝いパーティーをしてもらいました。

シドニーには、母の「親戚」やわたしの「きょうだい」がいるのは、お話ししましたよね? 両親にとってもわたしにとっても、「親戚」や「きょうだい」のなかに、あなたの予備軍がいないかどうかチェックする、大いに素晴らしい機会でした。そのつもりで、両親はわざわざシドニーへわたしを連れていって、レストランを借り切ってのディナー・パーティーまでやったんです。あのなかの誰かを好きになれたら、あとあと、どんなにラクなことか、なんて思ってしまいました。でも、ラクな恋愛なんて子どものママゴトと同じで、どこまでも純粋でとてつもなく馬鹿げている。

　それにしても、バックグラウンドが同じ人たちって、生まれた後も、共通の「へその緒」で繋がっているみたい。まるで、みんなで一つの船に乗ってホリデーしているみたい。それも、至れり尽くせりの豪華客船。でも、同じ船の中で、同じ食べ物を食べて、同じ言葉を話して、同じカルチャーに浸っているというだけで、考え方も同じだと思われるのが息苦しくてたまらない。息苦しくて、わたしひとり、船の中で沈没しそう。ずっとあの類の船の中にいると、世界のどこかで戦争になっていようが、隣の国で地震が起ころうが、目の前で人が溺れていようが、ただの他人事、みたいな。

　メルボルンに帰ってきてから、「成人」の儀式もやりました。イモジェンとホテルのバーに行きました。

「生まれて初めての合法アルコール《ファースト・リーガル・ドリンク》」は「マンハッタン」にしました。あの三角形のグラスに入った有名なカクテル、わたしの長年の憧れでした。イモジェンが同じもので真っ赤になっているのに、わたしはぜんぜん平気。飲んでいるあいだじゅう、スーツを着た若い男性のグループに、しつこく言い寄られて困りました。あんな目で見られると「大人の装い」も「スラット」《あばずれ》の衣装になってしまって台無し。イモジェンが「グラスから目を離さないようにね」と何度もわたしに囁《ささや》いていました。あのシチュエーションだと、ちょっとでも目を離すと、飲み物の中に何を入れられるかわからないから。

リリー・ローズは心臓に穴が開いていただなんて信じられないくらい、大きく、子どもらしくなりました。青白かった顔も、今ではピンク色の頬をして、三人姉妹の誰よりも大きな声で笑って、泣きます。結局、姉はバイト先のガソリンスタンドの正社員になりました。父の勧めで、実家を離れて、セント・キルダのフラットに娘三人と住み始めたところです。その方が、シングル・ペアレントの補助をはじめ、いろんな面で役所にサポートしてもらえるからです。でも、週末にはみんなで戻ってきて、大騒ぎしてくれます。賑やかでいいんだけど、課題や宿題が全然できなくなるので、実はちょっと困っています。母は姉のことはひたすら不憫《ふびん》がって、平日にも、毎日のように孫娘たちの送り迎えや買い物を買って出ています。夜になって、日中の疲れのせいか、テレビをつけっぱなしのままソファーで居眠りしている母を見ると、姉ももう少し気を使えばいいのに、なんて思ってしまいます。それなのに姉は、休みの日にも姪っ子たちを母に預けて出掛けたりするし、母に孫たちの世話をさせることで、親孝行をしているとでも勘違いしているのではないでしょうか？　でも、母は、それが生きがいなのかもしれません。生きがいのない人生なんて、生きたまま死んでいるのと同じです。

　だから、わたしも、色々と言いたいことがあっても、黙っていることにしました。言いたいことは、こうやってこっそり、あなたに告白することにします。

今ごろ反抗期の次女

　郵便局から荷物を送る。カウンターで国際小包用の用紙に記入する。宛名は「Tsukasa Kamiya《神谷つかさ》」。内容物の欄には「Apron & Overmitt《エプロンと鍋つかみ》」。姉貴への結婚祝い。小包にしても壊れにくくて、軽量で、しかも実用的なものとなると、これくらいしか思いつかなかった。時間がないので、挙式はせずに、届だけ出したと言っていた。三年間付き合っていた彼氏がシンガポールへ転勤になったので、結婚してついていくことにしたそうだ。出発までの残り数週は、まだ三鷹《みたか》の家にいるらしい。母さんは娘の花嫁姿が見られなかったのが残念な様子だけれど、姉貴は元々そういうのに興味がなくて、「ドレスなんていいから、その分、お金をちょうだい！」と母さんに請求したとか。いかにも、姉貴らしい。姉貴のああいう現実的で飄々《ひょうひょう》としたところは、結婚しようが、苗字が変わろうが、これからもずっと変わらないと思う。

宛先の欄に「Tokyo, JAPAN」と記入。姉貴が無事シンガポールに出発したら、三鷹の家を売りに出すと母さんが言う。そして、家が売れたら、阿佐谷の実家でばあちゃんと暮らすそうだ。

オーストラリアから東京に一人で帰って、父さんと別居したあとも、母さんは父さんとは絶対に別れないと半ば意地になっていた。でも、父さんとアナベルのあいだに丈治が生まれたのを知って、五年前に離婚届にハンコを押した。苗字を昔の「竹内《たけうち》」に戻して、「なんだかおかしな気分」なんて最初の頃は落ち着かなそうだったけれど、「こっちがやっぱり自分の名前、ほっとした」と後からじわじわ喜んでいた。「一度、他の名前にならないと、自分の本当の名前がわからないなんて、ヘンよね」なんて言っていた。五年前なら、母さんも姉貴も僕も「安藤《あんどう》」だったのに、今ではみんな見事にバラバラ。でも、親子で姉弟だということは、一生変わらない。そういえば、母さんは、僕の小さい弟の写真を見て「まあくんを洋風にしたみたい」と、妙に感心していた。もっとイライラされるかと思ったけど、見た目というか、人種が違うと「よその国」「よその人」になって、そういう気も起こらないらしい。あの人も「人種見て人を見ない」タイプかもしれない。

署名欄にサインするときに、「ＩＤカードをお願いします」と促されて、車の免許証を見せる。最近フルライセンスに更新したばかりで、顔写真は限りなく現在の僕に近い。その横に「MASATO ANDO」と小さく印字されている。昔も今もこれからも、こういうところには必ずこいつが出てくる。係員の女性は免許証を目の高さまでつまみ上げ、差出人の欄にある名前と見比べる。そして心得たように「Matt Ando」と差出人の欄にある名前と目の前のお客を見比べて笑いかけた。「M. Ando」とサインして、料金を払う。

ガラスの自動ドアから外に出た。八月はまだまだ風が冷たい。トラムストップに向かって歩き出す。十一月に卒業の予定。そのあと銀行に就職の予定。最初の数年はいろんな支店を回らされる予定。それから、最終的には、バンキング・コンサルタントになるか、本部のリサーチ・チームに入る予定。僕に将来はない。予定しかない。

「マット。タイミング！　タイミングをひとつ間違ったら、スキが見えて、お客さんに『やっぱり人形だ』って思われてしまうよ」

「無駄な動きはさせないで。見る人の集中力が下がってしまう。ああ、そうじゃない、それじゃ棒立ち！」

「まだロボットみたいだよ、動きにもっとバリエーションを足して！」

　通常のリハのあと、最近はこうしてロドリゴさんにマリオネットの操作を教わっている。十月の公演では、チロと僕が前座をすることになった。数分のスケッチ《寸劇》で、音楽に合わせてチロと踊る。これが結構、技術もエネルギーもいる。何よりも、見ていて楽しそうでなければいけない。それには、チロがただの人形だということを観客に忘れさせるくらいの、自然な動きが要求される。

「そうだ、あれ、チロとやってみてくれる？」

「はい？」

「マイム。一度、ここでやってくれただろう？」

「なんでもいいですか？」

「もちろん」

僕はゆっくりチロと歩き始めた。頭の中に懐かしい風景が見えてきた。川沿いをしばらく歩いて、小さな橋を渡る。途中、チロがおしっこをしたり、道端でクンクンやり出すので、何度か止まる。僕らが育った家が見えてきた。小さい庭に柿の木があって、それは渋柿で、冬になると洗濯物と一緒に物干し竿に干す。北風が吹いてきた。ズボンのポケットに片手を入れる。庭の垣根越しに干してある柿が見えてくると、もうすぐお正月だなって僕らは顔を見合わせた。

「今の調子」

「ふつうに散歩しただけですけど?」

「きみの頭の中のイメージが、チロからはっきり伝わってきたよ。お客さんの前でもふつうに散歩できるようにね」

「あれでいいんですか?」

ロドリゴさんはちょっと笑うと、きみ、若いもんな、エネルギーが有り余ってるもんな、そりゃ、何かアクションしなきゃと思うよな、と首を縦に振る。

「きみは、きみの頭の中、つまりきみの想像の中で、本当にチロと散歩したのさ」

「は、はあ……」

「人形はね、人形遣いがやることしかできないの。舞台を離れたら、ただの物体。何者でもない。それは、わかる？」

「はい」

「きみの考え次第で、ただの物体が生き物になるの」

「はい……」

「だからこそ、人間にできないこともやってしまえるんだ」

「…………」

「このシッポ、いいね」

ロドリゴさんはチロの尻尾を撫でると、帰り支度をはじめた。見渡すと、稽古場はがらんとしている。仲間はほとんど帰ってしまった。僕の視線は、壁際にもたれてこっちを見ているアビーで止まる。尻尾のバネを新しいものと取り替えてもらうために、今夜はチロを彼女に預けることになっている。

スキーから帰って以来、彼女とはこのバネの件のやりとりはしたけれど、口は一度もきいていない。金曜日に図書館で見かけても、おたがい目で挨拶するだけ。一度だけボイスメールが送られてきた。でも、なぜか無言だった。僕も何も言えないまま、送り返した。僕はチロと一緒に彼女に近づいていった。

「調子はどう？」

アビーが訊いてきた。まずまず、と返事をして、チロを渡す。アビーはチロの体を一通りチェックする。元気だった？　ええ。あなたも？　ああ。じゃ、チロを預かるわね。よろしく。どういたしまして、できたらテキスト送るわ。

「アビー」

琥珀色の目がやっとこちらを見た。

「……いや、なんでもない」

僕はリュックを肩に掛けると、次のリハでまた、と呟くように言って、出口に向かう。

「マット」

無言で振り返ると、彼女が少し迷ってから尋ねてきた。

「一杯、飲んで帰らない？　仲直りしましょ」

行き当たりばったりの店、適当に入ったのがいけなかったのかもしれない。店の中は、僕たちくらいか、それよりも若そうな客で溢れていたし、カウンター席も混雑していた。しかも、カウンター付近を除く店全体がダンスフロアになっていた。ガキンチョが騒ぐ安物クラブ。天井ではケバケバしいミラーボールが回っている。暗がりの片隅にはビリヤード台。騒音同然の音楽のせいで、会話も大声でないと聞こえない。カウンターで飲み物をオーダーしているあいだ、窓際のスツールに座っていたアビーのそばに男が二人寄ってくるのが見えた。僕はビールとカクテルグラスを手に男たちの背後から近づいていった。アビーの困り顔が彼らの背中越しにあった。

「おい」

僕の声に振り返った彼らは、まだハイスクールにでも行っていそうな洟垂《はなた》れ小僧だった。

「なんだ、あんたの女？」

「何の用？」

「お姉さん、こういうのが趣味？　ハハーン、わかった、Kポップのファンだろ？」

洟垂れ小僧たちが、アビーと僕の顔を交互に眺めながら薄笑いを浮かべる。

「おまえら、おれがカラテのブラック・ベルトだって、わかってんのか!?」

見るからにアジア系で、しかも上背もある僕が「空手の黒帯」だと怒鳴ると、大抵のやつは尻尾巻いて逃げていく。このときは黒帯もさることながら、僕の形相も凄かったに違いない。洟垂れ小僧たちは一気に青ざめて、人混みをかき分けるようにして僕の前から逃げ出した。

アビーがほっとした顔になって、僕を見上げた。彼女の前にカクテルを置きながら、僕はビールを片手にスツールに座った。

「〝ハハーン、わかった、Kポップのファンだろ？〟」

洟垂れ小僧の真似をして彼女に訊く。ふざけているように見せかけて、実は内心、本気で訊いている。僕はKポップのファンとKポップの話をするためにわざわざここに来たんじゃない。彼女が笑いながら首を横に振った。

「〝おまえら、おれがカラテのブラック・ベルトだって、わかってんのか⁉〟」

今度は彼女が僕の口真似をする。僕はビールに口をつけながら、この顔でああ言っておけば、ケンカ売られなくて済むんだよ、と苦笑いした。

「便利ねえ〜。わたしたちにもそんな特典があったらいいのに」

「特典？」

「そうよ、日本人だけの特典。ありがたく使いこなせば？　そもそも、あなた、自分が日本人だっていうプライドがないの？」

「あのさ、この際言わせてもらうけど、日本人のプライドって言うとすぐ『ブシドー』とか『ゼン』とかと勘違いされるんだよ。それがエスカレートすると、『ジブリ』とか『カラオケ』とか『ニンテンドー』とか『ダイソー』とか、その他わけわかんないメイド・イン・ジャパンのガジェットとか、『オタマトーン』だったっけ？　ほら、きみが言ってたの？　もっと手っ取り早いのだと『アニメ』と『スシ』にすり替えられる。もちろん、そういうのを喜んで自慢する日本人もいるぜ。自分自身じゃなく、文化とかモノに頼って、まるで自分の手柄みたいに自慢するやつ。目に見えるものって効果テキメンだし。でも、おれは、はっきり言って、ああいうのうんざりなんだ」

「ああ、そういうことなの」

彼女が納得したような声をあげた。

「あなたも、そんなに簡単じゃないって言いたいわけ？」

「どういう意味？」

僕は彼女の目を覗き込んだ。周りの音楽のボリュームが上がって、彼女の声がさらに大きくなった。

「だから、わたしたちって、『ダイバーシティー』とか『マルティカルチャー』とか『バイリンガル』で、あっさり片づけられてしまうじゃない？　いろんな人種が歩いているだけで『ダイバーシティー』、いろんな国のレストランが並んでいるだけで『マルティカルチャー』、英語以外の言葉が話せたら『マルティリンガル』。だから、なんでもそれで一括《ひとくく》りにして、あとは知ったかぶりの知らん顔」

アビーはクスリと笑いながら、片目をパチリと閉じてみせた。

「ああいうパワフルで便利な言葉に囲まれていると、自分のバックグラウンドのことを訊かれた場合、すっごく的外れだって百も承知で、俗っぽくてわかりやすいものに置き換えなきゃならないじゃない？　あなたの場合は、それこそ『アニメ』とか『スシ』とか」

　彼女はお手上げのポーズをとった。わたしなんか、「ハチャトゥリャン」よ、知らないでしょ？　有名な作曲家なんだって、人の名前かどうかもわかんない、「System Of A Down」の方がダンゼンわかりやすいはずだわ、と、クックッと笑う。

「『アニメ』と『スシ』に置き換えられるものなんて、初級中の初級だね。その『ハチャトゥリャン』の方がいいかもしれないぜ？　だって、聞いたことのない言葉だったら、『一体、それ何？』って、ちょっとは身構えるだろ？　『アニメ』も『スシ』も、『anime』『sushi』。そうやっていったん英語になったら、完全に自分たちのものだと思って、もっともっとわかりやすくなる。だって、『スシ』って日本語でなんて言うの？　って訊くやつまでいるんだぜ？　カルチュラル・アプロプリエーション《文化の盗用》の意識ゼロ。細かいことを言い出したらキリがないけど」

　アビーの目がゆっくり見開かれた。彼女がこういう目をするときは、静かに大事なことを言う合図だ。

「あなたの話を聞いていて、今思い出したんだけど……、わたし、あるときデモ行進していて、だんだん、怖くなったことがあるの。みんなで同じ言葉を一斉に叫ぶと、それ以外の言葉が受けつけられなくなるというか、他の人たちの考えていることが認められなくなるというか、わけもなく自分と違う考えの人たちのことが憎たらしくなるというか……。あなた、この前「声の小さいやつを黙らせたいだけ」とか言ってなかった？ なんだか、それに似ていたように今になって思う。それって、まるで凶器を振り回してるみたいじゃない？ ……マット、わたし、人の口から出る言葉はもうたくさん。だから、また別のアプローチをするわ。わたしには人形があるし」

「……きみってさ」

僕はそう声をかけるだけで精一杯になった。「人の口から出る言葉はもうたくさん」だと彼女は言う。僕の口から出る言葉は、十年以上かけて、周りから聞こえてくる言葉を真似することで身につけた。最初の頃なんて、なんの考えもなしに、鵜呑《うの》みにした。子どもだったせいか、笑われないように、いじられないように、馬鹿にされないように、念入りに周りと同じ口調、語彙、発音を真似した。だから、ウソついているみたいだって感じもした。そのうちハイスクールに上がって、誰にも何も言われないようになってからは、「これが本当に言いたいことなんだろうか？」などと、自分の頭の中と話し言葉を照らし合わせて確かめることもなくなった。自由に話せるようになったぶん、自由に考えられなくなった。言葉で考えるのではなく、言葉に考えさせられるようになった。頭と口がうまくつながらなくなった。何を考えているかではなく、何を言うか、何を口にするかの方がずっと大事になっていった。あわよくば、みんなにイエスと言ってもらえて、絶対に仲間ハズレに遭わない、人気と笑いをとる言葉……もしかして、今の僕は、口真似の言葉、鵜呑みの言葉でできているのではないだろうか？　彼女が言ったように、言葉という凶器を振り回しているだけじゃないだろうか？　皆と同じ言葉を使って、人を一括りにしてきたのは僕の方ではないだろうか？　僕はちゃんと話せているんだろうか？　今、僕は自分の目の前の相手ときちんと会話できているんだろうか？

「なに？　わたしがどうしたっていうの？」

　アビーが騒音に負けじと大声を出した。そして黙って僕を見つめてくる。この子にはウケ狙いの言葉なんて通用しそうにない。聞き上手とか話し上手とか、なにか美徳みたいに言う人もいるけれど、そんな相手の機嫌をとるような会話は、綿菓子《わたがし》みたいに口にしたとたん溶けてなくなる楽しいおしゃべりでしかない。

「マット？」

彼女がスツールを回転させて身体ごとこちらを向いた。僕がしたいのは、溶け残りの砂糖みたいに、いつまでもその味を思い出させる話だ。繰り返し味わうことのできる、記憶に残る会話だ。

「おれ《I》」

「I《おれ》？」

彼女の声が僕の言葉を繰り返す。僕らのあいだにつかのまの沈黙が降りた。しだいに霧が晴れるように、相手が男だとか女だとか何人《なにじん》だとか何色だとか、何をそんなに拘《こだわ》っていたんだろうと、だんだん不思議になってきた。次の瞬間、日本人として一番言っちゃいけない言葉が口から漏れた。

「おれ、日本人やめたくなること、あるんだ」

アビーが大きく瞬きした。

「正直、イヤなんだ。日本っていう国にいつまでも付き纏《まと》われるのが。こっちで生まれ育っても、中には『自分は日本人』だと胸を張るやつもいるけど、おれはこの国をないがしろにしているみたいでそれはイヤだ。未《いま》だにこの見てくれで、何やっても日本人、何をやらせてもアジア人、そう思われるのはもううんざりだ。こっちの人がカスタマイズする日本人にもアジア人にも仕立てられたくない。ただの自意識過剰って、笑われるかもしれないけど」

彼女がグラスを持ち上げた。その唇が触れると、蜜に似た液体はにわかに息づいてグラスの縁を一巡りしたあと、透明の斜面をゆっくりと滑り落ちて、グラスの底を赤く染めた。

「人のことを笑う人は、自分のことを笑われるのが怖いから、先手を打って、自分が笑われる前に人のことを笑うんじゃない？　同じ自意識過剰でも、人のことを笑う自意識過剰よりも、人に笑われる自意識過剰の方がいいと思う」

そして、でもやっぱり日本はメジャーな国だわ、アルメニアのビジュアル化なんてここではあり得ない、第一、「それどこ？」で片付けられるだけよ、知らない国の人間なんていていないのと同じ、だから、わたしはずっとモヤモヤしているだけ、とつぶやく。

「おれ、きみに謝った方が良さそうだ」

僕がそう言うと、彼女はこちらに顔を向けた。グラスの液体がぐらりと揺れた。

「きみ、言ってたよな？　アニメにしろ、スシにしろ、日本語にしろ、ここじゃ珍しくもなんともない、日本人なんかチヤホヤされて甘やかされまくってる、だから、おれはここで自分の国みたいに生きていける、みたいなこと。自分の国みたいに生きていけること自体がここでは特権なのかもしれない。おれは、自分がここでは歴《れっき》としたマジョリティーだということに気づいてなかったんだ」

彼女はグラスの底に沈んでいたチェリーを指でつまむと、そのまま口に入れた。

「だったら、わたしもあなたに謝った方が良さそうだわ。わたし、超マイノリティーとして生きてきたせいか、希少価値というだけで自分のことを特別扱いしていただけかもしれない。それに、ここで自分の国みたいに生きていけても、あなた、ラクじゃなさそうだもの」

「べつに、ラクなんかしたくない」

僕らは一瞬目が合ったあと、同時にうつむいて笑う。彼女がグラスをテーブルに置いて、頬杖をついた。

「ねえ……、あなただったら、こういうモヤモヤした話、劇にできるんじゃない？見えるものが効果テキメンだって言うなら、それこそわかりやすくビジュアル化して、多くの人に伝えればいいじゃない！」

アビーがとつぜん思いついたように小さな叫び声を上げた。周りが騒がしいので僕にしか聞こえなかった。彼女が肩を竦めた。そして、慎重にあたりを見回したあと、僕に体を寄せてきた。カクテルの香りが僕らをリボンのように取り巻いた。ほんのり甘い香りの帯は僕らにきゅっと巻きつき、彼女と僕のあいだで、心地よい結び目を作った。それを境に、あたりの騒音が遠のいていく。

「人形だったら、国籍にも人種にも囚《とら》われない。あなたなら、できるでしょ?」

そんなふうに言われると、なんだかできそうな気がしてくる。尻込みしない彼女の辞書には「後悔」という言葉はなさそうだと僕は思った。その代わり、つらい思いをすることも多いだろうなとちょっと可哀想になってしまう。

「わたし、あなたに白人にしか見えないって言われたの、結構ショックだったのよ。わたしの場合、英語を話しているときは『オージー』だけど、家の外で親にロシア語で話しかけられたとたん『オージー』じゃなくなって『移民』。周囲の視線がとつぜん変わるのと同時に、景色までがらっと変わる気がする。それでも結局わたしはあなたの言うように『白人』にしか見えない。あなたにしても、それこそ目に見えてわかりやすい『白人』が先にくるのね?」

今度は僕がショックを受ける番だった。僕は彼女の方に身を乗り出した。

「あのさ、誤解しないで欲しいな。おれは、きみと話してるんだぜ? 白人でもアルメニア人でもなく」

「だったら、あなたも誤解しないでくれる？　わたし、あなたと話してるの。エイジアンでも日本人でもなく」

ミラーボールの光が巡り、頰を赤らめたり青ざめさせたりする彼女の顔を僕は見つめた。彼女も僕をまっすぐ見つめ返してきた。

「わかった。きみも、わかった？」

「わかったわ。じゃ、もう一度乾杯」

どこからか鐘の音がしてきた。僕らは同時に窓の外に目をやった。街灯に照らし出されたトラムがレールの上を走り抜けた。遠のいていくその音に耳を澄ましながら、視線は夜の街から相手の顔に移っていく。そうして彼女の琥珀色の目を見ていると、ふと、自分の目の色は何色だったかと思う。同じ色じゃないことだけは確かだ。こんなふうに、おたがいが違っていることはあたりまえなのに、違いを指摘すると差別に繫がるのはなぜなんだろう？　だけど、相手が彼女だと、違っていることがありがたく思えてくる……。

おたがい黙ったまま、それぞれの飲み物に口をつける。そうしていると、子どものころ、夏の暑い日に、家の近くの川のほとりに蝶たちが集まっていたことを思い出す。縄張り争いを始めることもなく、いろんな色の羽を見せあいながら、蝶たちはただ静かに水を飲んでいた。蝶たちがそうするのは虫の本能だ。でも今、彼女とこうしているのは、人間の本能というよりは、僕の本能がそうさせているのかもしれない。

「ねえ……、親の国と鎖で繫がれているのはおたがいさまでしょ？　鎖に繫がれているからこそ、自由になれるのに」

「繫がれているから、自由？」

「それがあるからこそ、安心して命知らずなこともやれるんじゃない？　鎖も安全装置っていうか、ちょっと、バンジージャンプに似ているかもね」

じゃ、本当にカラテでも始めようかなと僕が軽口を叩くと、グッド・アイデア、あなたにお誂《あつら》え向《む》きだわと目を瞬かせた。

「それに、あなたが日本人だってこと、あなたが気にしているほど、周りは気にしていないと思っちゃったんだけど？　少なくともわたしは気にならないわ。わたし、ずっと鼻が高すぎるって気にしていたけど、誰も何も言わないわ。本人にすれば大問題だけど」

彼女はそう呟きながら、失礼、トイレに行ってくるわ、わたしのグラスを見ていてくれる？　と言って席を離れた。グラスの中の赤い液体はじっとよく見ると、緋色《ひいろ》に近い琥珀色だった。底に沈んでいた飾りのチェリーにだまされていたのかもしれない。

彼女と交わしたばかりの会話が耳元で蘇《よみがえ》ってくる。さっきのはスカッシュのラリーみたいだったなと思う。同じ壁に向かって球を打ち合ってつないで——楽しかった。

さっきとは逆の方向から鐘の音がしてトラムが通り過ぎて行った。ポケットからLINEの着信音。母さんが今年の年末年始も日本へ帰る予定はないのかと尋ねてきた。いつものようにその場で「行かない」と返事するかわりに、そのときはふと、今年は日本で正月もいいかなと思った。初詣も雑煮もおせち料理も久しぶりだし、それに、阿佐谷のばあちゃんはどうしてるだろう？　姉貴がシンガポールに発《た》つ前に阿佐谷からビデオ・コールしてきたときには、画面に出てきたばあちゃんに「まあくん」って呼ばれても、一瞬返事できなかった。ばあちゃんがあんなに急に歳を取ったのは、もう何年ものあいだ、僕が東京に帰っていないせいのような気がしてくる。スマホを出したついでに、メールもチェックした。

アビーが戻ってきて、カクテルグラスにふたたび口をつけた。家具会社から就職のオファーが来たと彼女が話し出す。僕も製薬会社と銀行からオファーが来ていることを話す。薬にもお金にも興味はないけれど、銀行の方がまだいろんな人がいそうだ、と付け加える。

「あなたが銀行員？　まさか！」

「この就職難に、就職できるだけありがたいと思ってるんだ。贅沢言ってられねえよ」

「あなた、ラクしたくないんでしょ?」

いつのまにか半開きの目が据わっている。しだいに瞳の琥珀色がこげ茶に変わる。マット、なんかすっごく楽しいけど、ヤバイ、頭がクラクラする、なんて彼女が言う。

「おい、大丈夫か?」

「ダイジョーブ、ウフフ!」

彼女が立ち上がろうとして足がもつれた。そのまま転んで、床に座り込む。片足は大きく投げ出して、頭を振りながら、ヘラヘラ笑う。周りの男たちが、そんな彼女を面白そうに眺めだした。おい、ミス! こっち来いよ! たっぷり可愛がってやるぜ! とあちこちから、囃《はや》し立てる声が聞こえてきた。ビリヤード台では、男たちが集まって、いやらしい目つきでこちらを見ながら、キューの先を上下に振り回している。

僕はテーブルに置かれたカクテルグラスに目をやった。「マンハッタン」は半分以上残っている。

「……おまえら、何した!?」

僕は振り返ると、周りにそう怒鳴りつけた。さっきの洟垂れ小僧たちが何かを言い交わしあって、いやらしい目つきでこちらを遠巻きに見ている。

「アビー、帰るぞ！」

僕はアビーを床から引っ張り上げた。彼女の肩に手を回すと、自分と彼女の荷物をもう一方の肩に担いで店を出た。この様子だと、グラスの中に何かきつい酒を足されたか、ドラッグを盛られたかのどちらかに間違いない。彼女が席を外したとき？　僕がメールをチェックしていたとき？　何にしろ、グラスから目を離した僕の責任だ。

これが男だったら財布をすられておしまいだけれど、女がこんなふうに「スパイク」されるときは、大抵レイプが目的。急に冷や汗が出てきた。

「わたし、ひとりで帰れるから！」

アビーが僕から体を離して、ふらふらとひとりで歩き始めた。

「そんな足元で、ひとりで帰れるわけねえだろ!?　それこそ、あいつらの思う壺《つぼ》だぞ！」

「あなたこそ、銀行員って何!?　数字とお金のエキスパートになるだなんて、それこそアジア系のハマリ役、まさに世の中の思う壺じゃない！」

その言葉に僕はひとことも反撃できないまま、その場で立ち止まった。

「家、どこ？」

僕の有無を言わせない口調に、彼女は諦め顔になった。

「アルバート・パーク」

「トラム、何番？」

「96番」

「OK。歩けるか？」

僕は今にもつまずきそうな彼女の腕を取った。

「さっきから、コンセントなしにわたしに触らないで！　そもそも、あんなふうにいきなりキスするなんて！」

僕はとっさにアビーの腕から手を離した。そう言われればハイスクールで習ったんだった、「コンセント」を説明する動画を見せられて、「相手の承諾なしにやることはすべてお節介か嫌がらせ」とか「性交渉もこれと同じことだ」とかなんとか、生活指導のウ◯コ野郎がブツブツ言っていたはずだ。

「ごめん。でも、あのときは体が勝手に」

僕はそう口の中で呟きながら、だんだん腹が立ってきた。そりゃ、確かにコンセントなしだったけれど、彼女だって嫌がっていなかったと思う。それに、だいたい、男のおれだけ、なんで今になって責められなきゃならないんだ⁉ 仲直りって、こういうことかよ⁉ 僕は彼女の前に仁王立ちになると、やけくそになって訊いた。

「〝あなたに触っていいですか⁉〟 これでいいか⁉」

「……ＯＫ」

「男女平等だっていうなら、きみもちゃんと断ってほしいな？ おれだって、触られたい相手とそうじゃない相手がいるんだ」

腹立ちまぎれに、僕はそう付け加えた。アビーはこちらを見上げたあと、小さな声で言った。

「〝あなたに触っていいですか？〟」

僕が差し出した腕に、彼女がおずおずと摑まってきた。僕らはトラムストップに向かって坂道をゆっくり下りはじめた。トラムストップが見えてくると、歩くスピードがもっとゆっくりになった。待合所の、風除《かざよ》けの透明のアクリル板に並んでもたれたときには、彼女の手のひらが僕の手のひらの中にあった。電光表示板の点灯がしだいにまばらになり、到着するトラムの間隔が開いていった。何台目かの96番がやって来た。表示板がルート・ガイドだけを残して、真っ暗になった。僕はふたつの手のひらを自分の上着のポケットに突っ込んで乗り込んだ。サザンクロス駅の前の曲がり角でぐらりとしたとき、ポケットの中のふたつの手は十本の指でしっかりと摑まりあった。

闇の奥の鬱蒼《うっそう》とした緑の一番深いところに、駅の明かりが見えてくる。トラムを降り、プラットホームの途中でアビーが立ち止まった。ポケットから小さい方の手が外に飛び出た。無人の改札の向こうに人影が見えた。

「パパよ。遅いから、心配で迎えにきたみたい」

「……じゃ、おれ、帰るわ」

反対側のプラットホームに行きかけて、まだ彼女の荷物を肩にかけていることに気がついた。慌てて引き返すと、アビーの父さんもこっちに向かって歩いてきた。僕らはアビーを挟んで向かい合った。

「マットです。アビーの友だちです」

僕はそう自己紹介した。

「僕が、変な店に誘ったのがいけなかったんです」

続けてそう謝ると、アビーの父さんは英語ではない言葉で彼女に迫った。アビーが、

誘ったのはわたしよ、わたしが彼を誘ったの、ぜんぶ、わたしが悪いの、彼のせいじ

ゃないの、ごめんなさい、パパ、ごめんなさい、と、英語で繰り返し、水から上げられた魚のように喘《あえ》ぎながら答えた。それを聞いていると、彼女が僕を庇《かば》えば庇うほど、彼女に拒絶されているようで惨めになった。そして、彼女が父親に謝れば謝るほど、彼女を親から、彼女の親の言葉から、彼女の親の国から庇ってやりたくてたまらなくなってきた。

「娘がご迷惑をかけたようだね。もう遅いから、きみも気をつけて帰りなさい」

アビーの父さんはそう英語で口にすると、僕をじっと見た。アビーと同じ茶色の柔らかそうな髪が額に一筋垂れていた。そして、僕から彼女の荷物を受け取って、もう片方の手で彼女の腕をとると、娘を追い立てるようにして駐車場へと歩き出した。

ふたたびトラムに乗り込む。外の真っ暗闇と天井の蛍光灯の白い光のギャップに、僕は目を閉じる。瞼の薄い膜を通して、純白の光景が透けて見える。黒よりも白のほうがやっぱり悲しい。そうしているあいだじゅう、雨の匂いがしていた。凍えるような冷たい雨、滲み入るような氷雨の匂いが。

——僕と関わると、みんな自分の仲間から締め出しを喰《く》らう。どこへ行っても、僕は日本人。死ぬまでアジア人。それ以外、僕に何かあるのか？　……何もない。自分なんかない。僕は人の形をした穴、僕の体は人の型にくり抜かれたがらんどうだ。僕なんかない。僕なんていない……！　それでも、この街でなら、何かの役にはなれるはずだった。しかも今夜は、めったに回ってこない役。二度と巡ってこないかもしれない役。一生に一回きりかもしれない役。

サザンクロス駅でトラムを降りた。背後に気配を感じて振り返る。街灯の下、役になりきれなかった自分の影がさす。僕は自分の足元から逃げ出すようにして、コリンズ・ストリートに向かって駆け出した。

ハビーへ

今朝は大学に行ってきました。入学手続きとオリエンテーション・ウィークの登録はオンラインで済ませたのですが、トラムの定期券の申請書類には、大学のオフィスでスタンプを押してもらう必要があったので。工科大のキャンパスは街の中心にあって、まさにサブカルチャーの聖地。これから毎日、大学に通うのが楽しみです。

ファースト・ラウンドでは、美大のスカルプチャ専攻からオファーが出ていました。美大の方が肌に合うというか、作りたいこと、やりたいことができそうだという確信もありました。でも、どう考えても、美大は就職に繋がりにくいという点で工科大に志望を変更しました。就職のことを考えずに作りたいものを作るだけなら、わざわざ大学まで行く必要はないと思います。大学からの帰りには、自宅の近くにあるグリーク・レストランのバイトの面接に行ってきました。

Whoa! グッド・ニュース! 今、グリーク・レストランから電話があって、ウェイトレスとして来週から雇ってくれるそうです! 平日は学校のあとのディナーのみ、週末はランチタイムかディナーのシフト。時給は見習いのうちは十八ドル。そのうち、二十二、三ドルくらいには、なるかな? 週末はもっといいはず。

ああでも、ほっとした。人形を作るのって、いろいろお金がかかるもの。極細の筆が欲しい。ナイロンじゃなくて、動物の毛のもの。他にも、欲しいものがいっぱい。新しいハンドドリルとか、鳩目《はとめ》打ちとか彫刻刀とか。あとはぜんぶ中古で節約。服はリサイクル・ショップで揃えます。新品の「ファスト・ファッション」っていつまでたっても愛着が持てないので。でも、靴だけは新品を買うことにしているんです。中古の靴って、なんとなく、前の持ち主が歩いたところを歩かされそうだから。

あとは貯金に回します。いつかプラハに行くための旅費。鼻の整形手術はもう考えていません。未だに、自分では鼻が高すぎるとは思うのですが、人からはそう言われたことがないし、やっぱり、これがわたしの鼻だと思うので、このままにしておきます。

バイト代が入ったら、まず気分一新で、新しいスニーカーを一足買おうかな。

では、また。

二月から工科大・工業デザイン科の学生より

「マット、アビーから何か聞いてる?」

団長のカールさんがメールで尋ねてくる。アビーがこの数週間、人形劇のリハに姿を現していない。知りません、と返信する。スパイク事件以来、会っていない。テキストは何度も送った。すべて「既読」。でも、向こうから返信はない。電話も何度かかけた。それもいつも留守電に切り替わる。

ホールからスチューデント・ユニオンに移動する。歩きながら、もう一度彼女にテキストを送った。カールさんはなぜ僕にアビーのことを尋ねてきたのだろうかと思う。コンピューターの画面で、今年の履修科目の成績を確認する。「最優等《high distinction》」で学士卒業確定。その下に、「優等学位《honor》推薦証書」「学士証書の申請フォーム」、それから「レンタル卒業ガウンのサイズ表」。ふと、たかがこんなもののために、わざわざ大学で三年も過ごしたのかと我ながらあきれてしまう。メールの着信。銀行のインターン・プログラムのマネージャーから。「至急、電話連絡のこと」。その場でかけた電話口で、新行員向けのミーティングの日時と最初に派遣される支店名が言い渡される。

電話を切って、スチューデント・ユニオンから出た。春の夕暮れ、坂道の表面は乾いて、街路樹の若葉がさわさわと風と一緒に鳴っていた。

並木道を通り抜けて、トラムに乗った。乗客はほとんどいなかった。チャイナ・タウンの前で降りると、バーク・ストリートに向かう。大通りは群集で主役になれる道、デモ行進にもってこいの場所。銀色のレール沿いに議事堂を目指す。目抜き通りを逸れて小さな路地に入る。一人歩きが様になる、こんな道がこの街には無数にある。だんだん日が落ちていく。議事堂前の階段に座る。僕の前に、明かりの灯《とも》った街がまっすぐ開けている。僕は、イモジェンが言ったみたいな「寂しそうな人」ではなくて、本当に「寂しい人」なのかもしれない。

　しばらく街の明かりを眺めたあと、トラムストップまで引き返してきた。3番。5番。16番。67番。72番。大学行きのトラムはいくらでもある。この三年、この番号たちが僕の道標だった。64番に乗り込む。僕が乗るトラムは、どのルートを通っても、終点の大学にたどり着く。

　家に帰ると、夜更けだった。まだ起きていたアシュトンが、とっておきのウィスキーを開けてくれた。コンサート会場のバイトから帰ってきたゼイドがそこに加わった。ゼイドがいつになく遠慮がちに訊いてきた。

「マット。なんかあったのか?」

　ゼイドにつられるようにして、アシュトンも上目遣いにこちらを見た。

　いいや、なんでもない、と僕はなるべくふつうに答えた。

ハビーへ

　お元気ですか。

私は、変わりないです。大学も順調に始まって、セカンド・セメスターに入りました。大学入学と同時に、寮かシェアハウスに移ろうかと思いましたが、家のガレージは人形制作には不可欠のワークショップになっているので、やはり卒業までは家にいることにしました。

今日はあなたに最後の手紙を書いています。

あなたが嫌いになったとか、他に好きな人ができたとか、そういうわけではありません。

姉が、いなくなりました。子ども三人を置いて。職場で知り合った、既婚男性と。先週末、姉は子どもたちを母に預けて出かけてゆき、そのまま帰って来ませんでした。週が明けて、職場から連絡があり、二人同時に無断欠勤していることから逃避行が発覚したというわけです。相手のパートナーにも子どもが二人いるようです。

わたしは姉を責める気にはなれないんです。わたしから見ると、この国に来てから溜まりに溜まっていたものが爆発したという感じがしないでもない。わたしはこちら生まれだから、いざとなれば「こっち生まれの二世」だと両親を撥《は》ねつけることもで

きますが、十代も半ばに入ってから、親に連れられて移住してきた一・五世の姉には
それもできなかった。娘たちに英語で花の名前ばかりつけたのは、フローリストにな
りたかった彼女らしい温和な反抗だったのかもしれない。でも、最愛のイングリッシ
ュ・ガーデンの只中《ただなか》でも、姉は寛《くつろ》いでいられなかった。
ハビー。わたしは姉とは違うんだから、わたしはあなたと幸せな結婚ができるかも
しれない。でも、姉が結婚する前に言ったことを思い出して、そう考えることはでき
なくなりました。「バンディ、一番好きな人とは、結婚できないものなのよ」って。
もしそれが本当なら、初めからやめておいた方がいい。あなた以外の他の人と付き
合うことさえ考えられない、いいえ、そんな勇気さえないわたしが、二番目、三番目
に好きな人、もしかしたら十番目に好きな人と結婚するなんて、最初から、姉以上に
不幸な結末が見えてしまっています。
それに、両親に見放された姪っ子たちを見ていたら、子どもを産む気にもなれなく
なりました。だって、このわたしだって、いつ姉と同じことをするかわからないでし
ょう？

昨夜も、家中が寝静まってから作業しました。

朝、そうして完成した一体を「絞首台《ガローズ》」に吊《つ》るしました。チェーンがロープの輪だったら、人間の絞首台のミニチュアといった風情です。マリオネットの場合、最後に糸をかけるときに、わたしは、一本の支柱の先にチェーンを垂らした器具に吊るします。作り方は、団長のカールさんに教えてもらいました。

これは、わたしなりの儀式でもあります。最後にこうして「血抜き」して、わたしの手で創造物としての命を奪って「物体」にし、わたしの痕跡が何も残らなくなった時点で糸をかけ、初めて「登場人物」として命を吹き込みます。作者の思い入れたっぷりの操り人形なんて、観客の感情が乗らないもの。

今朝は糸をかける時間がなかったので、そのまま出かけましたが、今夜は今から「ピノキオ」の彼に糸をかけることにします。一日「血抜き」したのだから、すっかり「物体」になっていることでしょう。彼の手は体に不釣り合いなほど大きく作りました。手は、その人の人生を表すから。顔は表情のない、シンプルな作りに。こちらも、感情を乗せやすくするためです。瞳には水彩色鉛筆を使いました。その上に、ガラス半球をかぶせました。こうすることで、レンズ効果で瞳が大きくなり、光によって変化します。人形の目は、人形の命です。

ハビー。あなたもわたしの創造物。あなたを作るのに、長い長い時間がかかりました。ティーンエイジャーの気まぐれと、幼いやり方をもって、あなたを完成させてしまいました。

今、わたしはあなたの命を奪います。ピノキオが人間になったように、あなたも、これからは血の通った人間として、自分の物語を歩んでください。わたしがセットしたデフォルトの「素敵なアルメニア人の男の人」を、あなたの物語に合わせて、あなたの好きなようにカスタマイズしてください。そうすれば、あなたをわたしに繋いでいた鎖から自由になれます。

わたしにとっては、あなたなしの自由がこんなにおぼつかないものだとは知りませんでした。だから、わたしの分の鎖は切らないで残しておきます。あなたとの鎖なしのわたしなどあり得ません。生まれたときから、この鎖に繋がれて生きてきました。今では、わたしの支えにもなっています。おかしなものですね、逃れたくても逃れられないものが、いつのまにか自分の拠《よ》り所《どころ》になるなんて。

ただ、これだけは忘れないで。

あなたと結ばれて、アルメニアの文化と言葉を継承する次の世代を育てることは、わたしの使命で夢でした。あなたほど、わたしをアルメニア人にしてくれた人はいません。あなたなしに、自分がこれほどアルメニア人だと自覚できたでしょうか？　わたしの背景にある、幻のようなあの国をこれほど愛することができたでしょうか？

さようなら

パペット・メイカー

州立図書館には、試験が終わって以来、しばらく来ていなかった。

街に残る数少ない古い建物の正面から、大階段をのぼってドアをくぐると、四方八方を本に囲まれる。背表紙《せびょうし》だけ眺めていたい本、手にとると重くてびっくりする本、古い紙の匂いがする本、表紙を見ただけでピンとくる本、そこにあるだけで不気味な気分になる本。本の中を歩いていると、大勢の人に囲まれているような気分になる。みんなそれぞれ聞いてほしい話があるみたいだ。僕は聞く耳を持たないわけではない。無関心ではない。だから、最大の罪からは逃れることができるはずだ。

三階のリーディング・ルームでしばらく本を読んだ。それから階下に降りようとして、エレベーターの前に立った。ドアが開くと、アビーがひとりで立っていた。一瞬、たがいに息を呑む。僕は素早く中へ乗り込むと、降りようとする彼女の手首を摑んで、閉ボタンを押した。

「何するの、非常ボタンを押すわよ！」

鉄の密室で、アビーがそう叫びながら、僕を睨みつける。

「なんで返信しない？　なんで電話に出ない？　劇団、どうするんだ？」

「劇団には一昨日、やめるって連絡したの。ずいぶん迷ったんだけど」

アビーは唇をぐっと嚙んだ。

「やめる？」

「ええ。チロは修理できているから、カールさんに預けておくわ」

彼女が観念したように僕を見た。

「わたし、卒業したら、プラハに行くことにしたの。本場のワークショップに参加したいの。航空券も買った」

「……好きにしろよ」

僕は彼女の手首を離すと、開ボタンを押して、ドアを開けた。片足をドアの外に出す。

「マット！」

僕は彼女を振り返ると、片足を引っ込めてふたたびドアを閉めた。沈黙が四角形の部屋を満たしていく。彼女が僕に一歩近寄った。

「わたし、あなたといると、自分でなくなりそう。これ以上、わたしを振り回さないで！」

「きみこそ、おれを振り回すな！　きみに会う前だったら、日本人だろうが、アジア人だろうが、銀行員だろうが、どんな役だって来た順番にこなして、取っ替え引っ替えできたのに！」

僕がそう捲し立てると、あなたならなんの役でもやれるわよ、贅沢言わない主義だもの、と、アビーは顔を背けた。だんだん、胸苦しくなってくる。何がこんなにやり切れないのか、自分でもよくわからない。もういい、と呟いたあと僕は続けた。

「きみの人生はきみのものなら、おれの人生もおれのものだ、おたがい、自由にやろうぜ」

開ボタンに指をのせて、僕はこれが最後だと彼女を振り返った。

「Good luck. 未来のアーティストさん」

僕がそう別れの挨拶をすると、彼女が顔をあげた。その小さな体が小刻みに震え出す。そして、あなたこそ、大勢に紛れて、隣の人と同じフリをして、みんなと同じ役に満足して、「未来のアーティストさん」よりもラクをしたいだけなんじゃないの？と、消え入りそうな声で訊いてきた。

「あなただって、もう、すでに、こんなふうに人を巻き込んでるじゃない！　わたし、このまま、あなたの姿形をした人形しか作れなくなるのが怖いのよ！」

アビーの大声は四方の壁、天井と床に跳ね返って、僕の鼓膜で何重にも渦を巻いた。

「I HATE YOU!」

みるみる涙が溢れていくその顔を見て、僕は身じろぎ一つできなくなった。――遠い昔、この世でただひとりの母親にまったく同じことを言ったときの、マサトという名の男の子の顔。

ボタンから指を離して、エレベーターの奥に後じさりする彼女に近づいた。四角形の角まで追い詰められた彼女がまっすぐ僕を見上げたとき、閉まりかけていたドアが開いた。人が乗り込んできた。人々のあいだをすり抜けるようにして、彼女がエレベーターを降りた。静かに、ゆっくりとドアが閉まった。人と人の話し声でいっぱいのエレベーターで僕は階下に降りた。

20 Oct. 10:39 PM

アニ

さっきは声が聞けて嬉しかった。三年ぶり⁉ 実のところ、例の人とはうまくいかなかったという話にはあまり驚きませんでした。それよりも、働きながらVCEを取ったなんて、すごい！ ロシア語の通訳の資格も取れて、一日も早く、デイジーたちを迎えに来られる日がくることを祈るばかりです。パパとママに、あなたが今は一人でいることや、通訳の仕事で経済的に落ち着くまで時間が欲しいとのこと、伝えてみてはどうですか？ 今度こそは親に頼りきりになりたくないというあなたの気持ちも。パパはあなたがひょっこり帰ってくるかもしれないからと、セント・キルダのフラットを解約していません（今はわたしがワークショップとして使わせてもらっています）。今度こそ子どもたちと自立した生活を送るためにも、頑張ってね。今夜、あなたから電話があったことは、子どもたちにもまだ黙っておきます。一番辛《つら》い思いをしたのは、三人娘だということを忘れないで。

　電話で話した通り、来月出発します。本当にこれでよかったのかどうかわからない。就職して、家具のデザインも悪くなかったのにと、今になって不安になる。でも、今行かないと、一生行かない気がする。人はひとりになって初めて、自分の道を歩き出すことができるのかもしれない。今のあなたのように。

　わたし、自分が何を作ったらいいのかわからなくなってる。なんのための制作？　誰のための創作？　自分の好きなものだけを選んで、自分の好きなものだけに囲まれて、自分だけの世界を作るなんて、以前だったら、想像しただけで嬉しくてたまらなかったはずなのに、それはただの自己満足だと気づいた今は虚《むな》しくてたまらない。それなのに、アニ、今、わたし、自分のお気に入りの人形しか作れなくなっているの……。寝ても覚めても、その人形のことしか考えられない。変なバクテリアをもらったせいかもしれない。こんなの、クリエイター失格よね？

　先ほどお約束したデイジーたちの写真を送ります。先月、みんなでパフィンビリーの汽車に乗りに行ったときのもの。パパとママによると、リリー・ローズは小さい頃のわたしにそっくりなんだって。

あちらに着いたら、連絡します。アニ、応援しています。あなたもわたしのこと、応援していてね。

あなたのたった一人の妹

「残念だな」

ディレクターに困り顔で頭を掻《か》かれた。本当にそう思われているかどうかは別にして、彼にとって僕は使い勝手のいい存在だったと思う。今まで、この人のイメージに近づくように、努力してきたつもりだ。

本日は最後の撮影。最後の役は、ショートフィルムの「日本からやってきたビジネスマン」。少しでも年嵩《としかさ》に見えるように、時代遅れのスーツに着替えて、ネクタイの結び目は太くする。

切ったばかりの髪をオールバックに撫でつけた。食べ物や日用品は母さんみたいに日本製にこだわらないけれど、散髪だけは日本人の美容師のいるヘアサロンに通っている。以前は近所の店で切っていた。仕上がりはいつもガタガタで、そこの美容師に、僕の髪の毛は「硬くて太くてチョップスティックみたいで、ちゃんと切れない」と毎回のように小言を言われるのも、嫌になった。そこで、チャイナ・タウンの理髪店を試したこともある。店の中は中国語で溢れていて、店員にも中国語で話しかけられた。こちらは僕の髪の毛に文句をつけなかったけれど、僕が英語で伝えたような仕上がりとは程遠かった。

鏡を覗き込む。「ＯＫ」と小さく声に出す。前だったら、鏡を見るたびに「またこんな頭にされた」と憂鬱な気分になったけれど、最近ではそんなに嫌じゃない。これだけは母さん譲りのほんの少しウェーブがあるくせっ毛も、今の美容師に「天然のくせっ毛風パーマ」と言われてからは嫌じゃなくなってきている。それというのも、自分の髪を自分の思い通りにできるようになったからかもしれない。それともただ、自分の顔を見慣れただけなのかもしれない。それにしても、自分で言うのもなんだけど、この顔、父さんそっくりだ。

ふと、オーチャード・クリークの家はどうしているかなと思う。クリスマス以来、あそこには車を借りに何度か行っただけ。父さんのパートナーのアナベルはいい人で、僕の顔を見れば、僕の大好物のロースト・ラムを作ってくれて、帰り際には僕のために買っておいてくれた服や下着、食べ物、ときには小遣いまで握らせてくれる。この歳になって小遣いはちょっとな、と思うけど、あのすまなそうな顔で見られると、断れない。

連れ子のエイプリルも、父さんのことは実の父親のように慕っている。それから、僕の小さい弟も、僕が顔を見せれば駆け寄ってきて、僕にまとわりついて離れない。

父さんの中古車輸入業もやっと波に乗って、最近になって人も何人か雇った。就職が決まって引っ越しすることになったと伝えると、「おまえには悪いことしたな。何もしてやれなかった」と、僕の顔を見てしみじみされてしまった。あの人があんなこと言うなんて、似合わない。それに、親だからって、何かしてもらわなくったってい い。立派な親なんかいらない。僕の父さんでさえいてくれれば。

でも、あの家に行くのは、なんとなく母さんと姉貴に悪いような気がして、あんまり行かない。これからは、たぶん、もっと行かなくなると思う。

「マット！　テスト・ラン、行ってみようか」

僕は英語のセリフをぶつぶつ繰り返しながら、セットの中に立つ。こんな凄《すさ》まじい英語、世界を股にかけるビジネスマンが話すのだろうか？

「アイ、アム、タケシ、オーノ。はう・どうどう・ユー？」

最近では、こんな感じの大袈裟なアクセントやわざとらしい訛《なま》りでアピールする広告やコマーシャルもある。その多くは悪気のない微笑ましい内容だけれど、ステレオタイプであることに変わりはない。セリフを口にし終えて、僕の胸の中で何かがふつふつと湧き上がると同時に、火傷の痕が疼《うず》く。ステレオタイプもやりすぎると、猿回しみたいに笑いをとって面白がっているようにしか思えない。こんなお仕着せみたいなピエロ役で「ダイバーシティー」の仲間に入れてもらっても、周りからよけいに浮くに決まっているじゃないか!?

「すみません」

ディレクターが不審そうに僕を眺めた。

「どうした、マット?」

「いや、あの、これはちょっといくらなんでも」

「こんなもんだろ? どうせ、意味は大したことないんだから」

ディレクターが何の戸惑いもなく尋ねてきた。

「こんなもんだろって……」

もしも、日本語の話せないあんたが日本語でセリフを言わされたら、こ、こんなも、も、んで済むはずがないんじゃねえの、と僕は相手に聞こえないようにつぶやく。

「何か気に障った?」

ディレクターが近づいてきて、僕を覗き込む。――この街に住む以上絶対に英語を話せと要求するなら、相手にスピーキングのスキルばかり求めないで、自分もいろんな英語を聞き取るリスニングのスキルを身につけようとか思わないのか!?　あんたのスピーキングのスキルっていったって、たまたま英語の国で生まれ育っただけの話じゃねえか!?　そっちも少しは努力しろ!!　Who the f**k do you think you are, huh!?（おまえいったい自分を何様だと思ってんだよ!?）

「コメディだったらこれもアリかもしれませんが、そうじゃない。人の言葉を馬鹿にするのは、その人自身を馬鹿にすることだ」

　この仕事をして初めて、僕は自分の意見を口にする。ステレオタイプが悪いっていうわけじゃない。ステレオタイプ、つまり偏見はある種の真実を含む。中でも良性のものは何かのきっかけで取り除かれたり、自然に消えたりする一方で、悪意で凝り固まって悪性化したものは石のように硬く意固地で頑強。それにしても僕だけなんだろうか?　自分が猿回しの猿をやらされているのではないかと逐一疑ってかかるのをやめられないのは。こんなふうに、あたかも開き直りのシンボルみたいに振る舞う自分自身に腹が立って仕方ないのは。

「馬鹿になんかしていないよ。こういう訛りって、けっこう可愛い《cute》と思うんだけどな」

　僕は相手をじっと見つめる。この人、こういう人だったのかと僕はハッとなる。今でも、スペルを正しく綴ることもきちんと発音することもできないくせに、「いい名前ね」って本名を褒められることがある。つまり、見た目でどれだけアクセントがあるか、そして実際のアクセントで性格や能力までをも判断する類の人たち。さらには、自分たちの判断ミスをお世辞とおべっかでごまかそうとする類の人たち。この人もあれと同じ種類の人だったんだ？　そう気づいた瞬間、マサトでもマットでもない他の誰かが僕の中でむっくりと立ちあがった。そいつは「腰抜け」だの「臆病者」だのと僕をののしったあと、僕そっくりの声でディレクターに迫った。

「キュート？　そんな子どもをあやすような言葉で煽《おだ》てること自体、一人前の大人扱いをしていない証拠じゃないですか!?　だいたい、この役、世界を股にかけるビジネスマンなんですよね？　それでも、どうしてもこんな言い方をしろと言うのなら、せめて自己紹介なんかじゃなくて、もう少しビジネスマンらしいセリフに変えてくださ い」

「私には私の考えがあるんだ。この作品のコンセプトは」

観客にいちいち説明しなきゃならない後付けのコンセプトなんて、あってないのと同じだ、役者を実験の道具にしないでください、と、僕は相手の言葉を遮った。お金のため、生活のため、とはいえ、これ以上ついていけない。独断と偏見である種の人を笑いものにするなんて、悪性の偏見、僕らにとっては公害と同じだ……！

　ネクタイの結び目に手をかけた。ネクタイは首を縄で繋がれているみたいで、ハイスクールの制服のときから嫌いだ。銀行員になったら、また毎日ネクタイを締めなきゃいけない。

「おいおい、マット。これが最後なんだろ？　頼むよ」

　奥歯をぐっと噛み締める。この人には個人的によくしてもらったことに変わりはない。いつも割のいい仕事をくれて、撮影時間も僕に合わせてくれていた。寮費が払えなくなりそうになったときには、オファーを受けないうちから前借りをさせてくれたこともある。家族でも友だちでもない他者の親切ほど身に滲みるものはない。万年よそ者の僕にはよくわかる、見知らぬ他人を思いやることこそが、見返りを求めないぶん、本当の人の情けだということが。僕はネクタイから手を離した。

「よし。本番行ってみようか」

　僕の気が変わらないうちにと思ったのか、ディレクターは大急ぎでスタッフを準備させた。テスト・ランとまったく同じ調子でセリフを言うと、「カット」の合図とともにセットを離れた。僕のやりたいことはラクじゃない。僕は急いで着替えると、最後の挨拶もそこそこに現場をあとにした。

家に帰ると、ゼイドが例によって「集会」をやっていた。裏庭ではベイプとジョイントの煙がたちこめて、せっかくの満月が隠れかかっていた。ラウンジでは音楽をガンガンにかけて、パーティー・アニマルたちが踊りまくっている。キッチンテーブルでは、酒の入ったグラスを並べて、「ビア・ポン」のゲーム。グラスの一つにピンポン球が落ちると、家が壊れそうなくらいの歓声と奇声があがる。グラスの持ち主が中身を一気に空けた。アシュトンは例によってガールフレンドと部屋でいちゃついている。僕は自分の部屋でウィスキーを飲みながら、「集会」の音楽に合わせて、チロとダンスする。ダンスとマイムは、たぶん、親戚。アビーに修理してもらって、カールさんがさらに糸の長さを調節してくれた。

チロと一緒にベッドにぶっ倒れる。サイドテーブルのスマホに手を伸ばす。アビーにテキストを送りかけてやめる。アビーにボイスメールを送ろうとしてやめる。アビーに電話しかけてやめる。ダンスしたりマイムしたあとでは、話し言葉も書き言葉も煩わしい。どんな言葉も生まれ落ちたとたんに死んでいく。言葉が命を持つのは、相手の心にその種が落ちたときだけ。

グラスの氷がなくなった。部屋を出ると、踊りまくるデモ仲間をかき分け、冷蔵庫で氷を漁《あさ》った。「ビア・ポン」を見物していた女の子の一人と目があった。あからさまに品定めするような目つきでこちらを見てくる。エイジアン5のクラスにまぎれていそうな、中国系三世、薬剤師志望、白人とつきあいたくてたまらないのに、実際につきあうのは、友だちにしろパートナーにしろＦＷＢ《体だけのおつきあい》にしろアジア系限定、みたいな子。なんだかんだ言って、相手を一見しただけでこんなふうにカテゴライズするなんて、この僕だって偏見のカタマリだ。いずれにしろ、シラフだったら、一番遠慮がいらないタイプ。

　僕が冷蔵庫の前を離れると、彼女は後ろからついてきた。僕に続いて部屋に入ると、彼女は背中でドアを閉めた。机の上のウィスキーをグラスに注いで一気に飲み干す。空のグラスをサイドテーブルに置く。笑いながら首に抱きつかれて、ベッドに倒れ込む。彼女にとっても僕は一番遠慮のいらないタイプであるらしい。隣の部屋では、アシュトンのガールフレンドが似たような笑い声を上げている。でも、あっちはとても幸せそうで、こっちはただの遊び。「ビア・ポン」同様、パーティーの余興。彼女が馬乗りになってきた。僕のシャツのボタンを外しながら、首から胸へと素肌に触れてくる。コンセントなしにおれに触るな、と言いかけてやめる。遊びのルールはただひとつ、捕まったら、相手の命令に従わなければならない。

ベッドに仰向けになったまま、しばらく彼女の好きなようにやらせておく。彼女がキスしてきた。思わず顔を背けると、チロが真っ白のお腹を見せて床に転がっているのが見えた。僕は小さな唸り声をあげると、上半身を起こした。

「ごめんな、おれ、かなり酔っ払ってるみたいだ」

彼女がベッドから降りた。そして、つまんない人ね、と言い捨てると部屋を出て行った。

「つまんない人、だってさ、チロ」

ふたたびベッドに横たわると、床のチロに僕はそう声をかけた。そうね、あなたつまんない人よ、とアビーの声で答えたチロの姿が、月明かりの青白い光に滲《にじ》んでぼやけていった。

十一月二十三日

ママ

この手紙を読む頃には、わたしは空の上だと思います。思えば、ママに何かを書いたのは、小学校のとき、母の日の工作につけるカードを書いたきりですね。たしか、「This is the certificate for my special mum for all of the little things that you do for me.（これはスペシャルなママの証明書です。わたしにしてくれる、すべてのささいなことに対して）」と、先生がホワイトボードに書いた通りを写したもので、ママは泣き出してしまいました。ずっとあとからパパに、あれは嬉し泣きではなくて、娘の言葉、英語が読めない自分は母親でありながら母親ではないのだと、泣き出したのだと聞かされました。あれからずいぶんたった今、この手紙を読んで泣き出したなら、それはきっと、ママがあの頃よりもわたしのことを理解してくれるようになったからだと思います。

できれば、ママの望むように、何の疑いもなくアルメニア人として育って、素敵なアルメニア人の男の人と結婚して、百パーセントアルメニア人の赤ちゃんを産むことができたらどんなにいいか。でも、きっと、ママはわたしが不幸せになるのだけは見たくないはずです。こんなわたしのわがままを許してください。

デイジー、ポピー、リリー・ローズを残して行くことが気がかりでなりません。わたしの手伝いがなくなったのちも、ママのことだから、これからも全力で孫育てを続けるでしょう？　だから、どうか、体だけはくれぐれも大事にしてくださいね。

いつまでもあなたの小さな小包

追伸：先月、アニからわたしに連絡がありました。元気で過ごしているようです。近々、ママにも連絡があるかもしれません。

父さんから車を借りてきた。そのまま、自分の部屋で荷造りにかかる。順次、まとめた荷物を運び出して、オーチャード・クリークの家のガレージで預かってもらう予定だ。手始めに、机の上のテキスト類を分けて段ボール箱に詰めた。いらない書類をシュレッダーにかける。一つきりの戸棚にはコンピューターの周辺機器やＤＶＤ、サイドテーブルがわりに使っている本棚には、講義テキストと大学近くの古書店で買い揃えた本が並ぶ。その他に目につくものといえば、組み立て式のパイプベッドと寝具類、それからアイバニーズのギター。

今日、チロと僕は小児病院にて、最初で最後の共演を果たした。公演後のミーティングでは、就職のためにこの街を去るとみんなに告げた。水を打ったようにその場が静まった。誰かが「どこへ行くの？」と尋ねてくるまで、しばらくかかった。その地名はみんなが知っていて、口々に僕の門出を祝ってくれたけれど、よそ者に対する優しさ同様、浅はかで嘘《うそ》っぽく、それでいて、本物の真心のように僕には響いた。

スマホが鳴った。テキストの着信だと思ったら、呼び出し音に変わった。相手を確認して、少し迷ってから通話ボタンを押す。ハイ、マット、と彼女が遠慮がちに挨拶した。ハイ、と僕はなるべくふつうに答える。

「劇団のインスタに、あなたとチロの動画がアップされていたわ。ずいぶんうまくなったのね。感心しちゃった」

「そっか」

「キャンベラに移るの？」

「誰に聞いた？」

「さっき、カールさんから、メッセージで」

「…………」

「あなた、ここにいたかったんじゃないの？　大学も州外は興味なかったって」

「いきなり首都《キャピタル》に飛ばされるとは思わなかった。でも、仕事だし。航空券もすでに手配されてある」

「いつ決まったの？」

「九月ごろだったっけ？　よく覚えてねえや」

「どうして教えてくれなかったの？」

「きみに関係ないだろ」

「…………」

「プラハへは、いつ出発？」

僕の最後の問いに、あなたに関係ないでしょ、と彼女も答えて、電話は切れた。

そのあと、しばらく何をする気にもなれなくて、壁にもたれて窓の外をぼんやりと見つめた。隣家の生垣の向こうによく見かけるけれど名前を知らない花が一輪顔をのぞかせていた。机の前に戻って、ふたたび書類をシュレッダーにかける。一枚一枚丁寧に入れていたのが、だんだんと面倒になって一気に何枚も突っ込むと、紙詰まりした。片手を突っ込んで紙を引っ張り出そうとして、手の甲に小さな刃先が当たった。滲んだ血を舐めた。窓の外には夕陽があった。家中静まり返っている。ゼイドもアシュトンもいない。まったくの自分一人。傷口から唇を離すと、さっきよりももっと勢いよく血が滲んできた。それが大きな血の玉になるのをじっと見つめた。火傷の痕も痛み始めた。ふたつの痛みが合わさると、今までに感じたことのない種類の、胸の痛みに変わった。——僕が怪我《けが》をしようと、血を流そうと、こうして今日も日が暮れて、明日も世界はまったく変わらない。この世はこんなふうに僕をひどく傷つける。

スマホを手にすると、リダイヤルボタンを押した。呼び出し音が続き、諦めかけて終了ボタンに指をかけようとしたとき、呼び出し音が止んだ。

「ハイ、アビー」

「ハイ」

「……アビー」

「…………」

手から小さな血の滴がぽとりと落ちた。

「今、どこ？」

「セント・キルダ」

「会える？」

「…………」

「最後だから」

電話を切ると、ドライブウェイに停めてあった車に乗った。繁華街を抜け、ビーチを右手に突っ切って、住宅街に入る。フラットの門の前にアビーは立っていた。その肩には小さなポシェットがかかっているだけ。車を停め、エンジンを掛けたまま運転席の窓を開ける。

「ドライブしないか？」

彼女が助手席に乗り込んできた。運転中、何も言えなかった。彼女も黙っている。ウェスト・ゲート・ブリッジに乗ると、高層ビルの群れを中心に人口五百万人の大都会が見渡せた。国旗の南十字星の下を過ぎ、アボリジニの旗がはためく橋の真ん中を過ぎると、街が徐々に夕闇に沈んで行った。同時に建物の明かりが小さなマッチの炎のように揺らめき出した。バックミラーの中で、無数の瞬きが遠のいていった。それらはひとつひとつ、今にも消え入りそうなほど頼りなくささやかであっても、ひとつひとつ、誰かの暮らしで、誰かの人生で、誰かの命。彼女と僕も、あの街の、あの明かりのひとつ。もしかしたら、ジェイクとイモジェンみたいに、彼女と僕でひとつの明かりになれたかもしれなかった。その思いつきは、思いがけず僕を勇気づけ、幸せにした。アビーは助手席の窓越しに、眼下に広がる港を見ていた。そこにも明かりがあった。今から船出する人たちの、希望に満ちた灯火《ともしび》。そして、まもなく、彼女がその中のひとつになることに、僕は胸を激しく痛めた。

橋を降りて、街中に引き返して来た。車の中で沈黙がさらに膨れ上がった。なんだかやり切れなくなって、アクセルを思い切り踏んだ。ライトをつけたパトカーが後ろからついてきた。車を路肩に停める。スピード違反のチケットを切られる。パトカーが行ったあと、免許証を財布にねじ込もうとするのを、アビーが覗き込んだ。

「……あら？　これ、あなたの本名？」

まあな、と僕は彼女の顔を見ないで答えた。

「なんて発音するの？」

「Masato」

「もう一回？」

「マ、サ、ト」

「マ、サ、ト」

あってる？　と彼女が訊いたので、あってる、でも、マットでいい、家族以外はもう誰もその名前で呼ばない、死んだ名前だ、と僕は答えた。彼女が膝の上にのせていた革のポシェットに手を突っこんで何か差し出してきた。僕は手渡された学生証と目前の彼女を交互に眺めた。州立工科技術大学　フルタイム生　カテゴリーU　アカビ・グリゴリアン。アビーが、わたしのは、こっちもなんとか生き残ってるわ、アルメニア人をやめたいと思ったこともないし、と微笑した。

「Akabi と Abbie か。きみのAって複数形《プルーラル》だったんだ?」

「あなたこそ、三人分じゃない。Masato のMでしょ、Matt のMでしょ、Matilda《マティルダ》のMでしょ」

「おいおい、これでマティルダかよ?」

僕はバックミラーで自分の顔を覗き込む。マサトにはなかった、そしてマットにもめったにない無精髭《ぶしょうひげ》がその顔にはあった。

「今まで会ったマティルダの中では一番髭が似合ってるわ」

アビーは僕の頬に片手で軽く触れると、思っていたよりもずっと、この街を離れるのはつらいわとつぶやいて、車の窓を半分開けて外を眺めた。民家に咲くワトルの匂いが車の中に立ち込めた。フラットの前に戻ってくると、あたりは暗くなり始めていた。

「渡したいものがあるの。今から糸をかけるから、一緒に来て」

アビーの後について、フラットの階段を登った。木のドアを開けると、部屋というよりは作業場が現れた。ノミ、ドライバー、糸鋸《いとのこ》、ペンチ、トンカチ、ネジ類、ミシン……、ありとあらゆる道具がひしめいていた。キッチンカウンターの下には紙粘土、木材、布、木工ボンドや絵筆も転がっていた。僕はそのひとつひとつに目をやった。

一体の人形を作るのに、こんなにたくさんの道具と材料が必要だとは思いもよらず、改めて目が覚める思いがした。彼女が毎日背負っていたこれらの荷物は、どれをとっても「人形しかない」彼女の一部だったのだ。この中のひとつでも欠けると、彼女が思い描くような人形は作れない。そして彼女自身を作るためには、人形以上のことを背負ってきたに違いない。国も家族も言葉も、それにまつわるもろもろの習慣や価値観も、果ては信じることや選ぶこと、自分の在り方でさえ、国を跨ると一気に二倍にも三倍にも膨れ上がる。彼女という一人の人間は、そんな何重もの重荷でできている。

室内全体を見渡した。カーペットの床にはセーターが脱ぎ捨ててある。部屋の片隅にはソファー、枕、毛布と寝袋。小さなノートとペン、マグカップにティーバッグもあった。どうやら、ここに泊まり込んで人形を作っているらしい。キッチンテーブルの上にある大きな支柱には、木製の人形がチェーンに繫がれて、首を吊られたように頭から下がっていた。

アビーは僕にソファーにかけるように勧めてから、「糸をかけるときは必ず黒い糸を使うのよ。大事なものは丈夫で見えない方がいいの」とひとりごとのように言い、慎重に人形の頭と肩、腰、手足に糸をかけ、コントローラーに繫ぎ始めた。僕はそれをじっと見守った。糸を切るとき、ハサミを使いづらそうにしているのを見て、彼女がレフティ《左利き》だと初めて気がついた。僕がそう告げると、子どもの頃に右利きに変えようとしてダメだった、左利き用のハサミをわざわざ買うのが面倒、缶切りなんて最低、でも、今は右手も結構使えるのよ、レフティだってほとんどわからないでしょ、と彼女は小さく笑った。彼女のそんな言葉を耳にするまで、僕は自分が右利きだということをほとんど自覚したことがなかった。あらゆる道具が右利き用に作られているせいかもしれない。右利きの僕にとってのあたりまえが、左利きの彼女にこんなふうに無理強いをさせてしまう。その逆も然りだ。

　アビーは最後にゆっくりと台から人形を降ろすと、右手で両足のコントローラー、左手でメイン・コントローラーをとって、少年のマリオネットを床の上で歩かせ始めた。彼女が横目でちらりと僕を見た。

「あなたがチロと遊んでいたときって、これくらいの子どもだったはずよね？　マサト、だったかしら？」

　アビーはそう呟きながら、目を細めて少年を見下ろした。地面で蹲《うずくま》っている少年。ダンゴムシを集めているに違いない。彼女がコントローラーを動かすと、彼は走り始めた。あれは、サッカーをしているマサトだ。くるくるダンスしてジャンプ。今度は小学校の劇で、船のマストから海に落ちる海賊の役。この役がきっかけで、マットにもごく自然になることができた。でも、なんかぎこちない。僕はソファーから立ち上がって、アビーに近づくと、彼女の後ろに回った。アビーの背中越しに両腕を回す。コントローラーを握っている彼女の両手の上から、自分の両手を重ねた。アビーが体を硬くした。

「力を抜いて」

僕がそう囁くと、彼女はゆっくりと肩、腕、手、と体の上から順番に力を抜いた。人形が首を傾げたり、飛んだり跳ねたり、座ったり蹲ったりするにつれ、しだいに彼女は両手だけでなく、全身を背後にいる僕に預け始めた。彼女の身体が僕の身体になり、僕らの身体が人形の身体になった。

彼女のこめかみに、軽く唇をつける。そこに彼女の脈が走ると、僕の全身はまるで大きな傷口のようにじんじんとしてきた。彼女が再び身を硬くした。

「ごめん。コンセントし忘れた」

僕は彼女の手から自分の手をそっと離した。同時にコントローラーが床に落ちて、人形が横倒しになった。

「なんで行くんだよ、プラハになんか!」

思いがけず、僕は本音を叫ぶ。

「行きたいからよ！」

「きみは、人形の方がいいんだよな。生身の人間よりも」

そう吐き捨てるように言うと、僕は部屋を出て行こうとしてドアの方に向かった。

「生身の人間は人形みたいにいかないもの！」

ドアの前に立った僕の背後から彼女がそう叫んだ。

「それ、どういう意味？」

ドアのノブを握ったまま、僕は振り返らないで訊いた。

「人間は人形と違って、自分にしかなれない。この身体にはこの心しかないから。でも、心には拠り所が要《い》るわ」

「じゃあ、きみは自分の行きたいところへ行って、そこを拠り所にすればいい。……つまらないこと言って悪かった。忘れてくれ」

ドアのノブを回す。すると、小さな足音が近づいてきて、両手が腰の周りに伸びてきた。ジーンズのボタンの上でその手が繋がって、しっかりと摑まってきた。

「……ソリで遊んだの、楽しかった？」

僕がそう尋ねると、彼女の沈黙が濃くなった。

「……あなたは楽しかった？」

今度は僕が沈黙で答える番だった。あのときは楽しいって言ったけど、本当は悲しかったんじゃないだろうか？　遅かれ早かれ、いつか、今日みたいな日が来るとわかっていたんじゃないだろうか？　これまで僕らが交わした言葉たちは、長い別れの挨拶だったのだろうか？

「なんて答えて欲しい？」

そう僕が訊くと、わたしもわからないわ、と口籠もった。

「わたし、あのときは、しっかり摑まることだけ考えていた。写真みたいな平面よりも、触ることのできる立体の方がわたしにはずっと覚えやすいから」

手のひらをノブから離し、彼女の方に向き直った。

「きみって、やっぱり変わってる」

僕は背中をドアにつけると、そのままズルズルと床に座り込んだ。彼女が僕の傍に膝をついて、身を寄せてきた。僕はドアに背中をつけて床に座ったまま、彼女を胸に抱いた。

「……ね、何か話して」

暗がりのなか、床に横倒しになったままの人形に目をやると、僕は自分の子どものころの話をした。マットの口からマサトがつぎつぎに飛び出してくるのが、なんだかくすぐったかったけど、すごく自然だった。窓の外では群青色の闇がさらに深くなった。会話が途絶え、闇が沈黙を覆った瞬間、部屋の中に黒い水のような夜がぷつりとあふれ出した。

「お願いがあるの」

彼女が小声でささやいた。

「なに？」

「わたし、あなたに触ってみたいの。その前にあなたをきちんと見せて」

彼女がその場で立ち上がった。僕も立ち上がる。僕から少し離れた場所で、彼女は僕の全身をじろじろと眺め回したあと、その視線が僕の胸元をさまよい始めた。シャツのボタンに手をかけると、彼女が小さく頷いた。一気にボタンを外して胸をはだけた。そうして一歩離れたところから彼女に見られると、僕は急に恥ずかしくなった。こんなふうに素肌をさらすと、今更ながら自分には何もないということを思い知らされる気がする。I am nothing!《僕は何者でもない》　それが証拠に、今もまた身動きできないでいる。ただの物体のように、ただの一本の木のように立ち尽くすだけ。こんな空っぽの自分にむかしも今もこれからも深く恥じ入りながら。——恥辱まみれのただの肉体、これが僕なんだ……！

彼女が近づいてきて、その片手を裸の胸の上に滑らせた。指先の冷たさが、直線と曲線、さらには円や三角、四角を描いて行った。

「これが大胸筋。ここにある窪《くぼ》みが三角筋《さんかくきん》との境目。胸が広くなって、大きく開いている。何か、上半身を使うスポーツをしている？」

「月に何度かスカッシュするかな。あと、大学のジムでときどき筋トレしたり」

シャツの袖から出ている両手に彼女の視線が移る。

「乾燥肌？　それとも洗剤なんかでかぶれるタイプ？」

「バイト先の洗剤で食器を洗うと、あとがものすごく痒《かゆ》い」

「その傷は新しいわ」

「さっき、家を出る前にシュレッダーで切った」

彼女が僕からシャツを剝がした。視線を肩から肘に移して、一瞬息を呑む。

「その傷痕は？」

「火傷したんだ。ハイスクールのときに、ＢＢＱの鉄板で。今もときどき痛くなることがある。たった今も痛い。気のせいだってわかってるけど」

アビーが愕然《がくぜん》とした様子で僕を見た。今度はなにをするのかとちょっと構えていると、彼女は体をかがめて火傷の痕に唇をつけた。

「今のは、痛くなくなるおまじない」

ゆっくりと唇を離して、僕を見上げてくる。

「もう、痛くない？」

上目遣いにそう尋ねてきた彼女の額に、こんどは僕が唇をつけた。

「この徴《しるし》のおかげで、いいこともあるんだな」

そう返事したとたん、ずっと僕の根っこを痛めつけていた恥の徴がただの傷痕に変わった気がした。

「おれもきみに触りたいんだけど、いい？」

「……ＯＫ」

「ちなみに、おれはアルメニア人じゃなくて、日本人だけど？　それでも、い」

彼女が人差し指で僕の口を閉じた。彼女の上半身からＧジャン、Ｔシャツ、下着が消える。僕の目前に、細くしなやかな首、なだらかで丸い肩、柔らかで傷つきやすそうな胸のふくらみが現れた。一瞬、ゾッとなった。服を着ている彼女からは感じたことのない生《き》のままの彼女がそこにいた。僕は上から下へと彼女の身体に視線を滑らせる。そうして彼女に目で触れているうちに、まぶたから目頭、首すじから喉元、そして胸から下が一気に焼けて全身が炎の柱みたいになった。

手を伸ばして、彼女に触れる。胸に抱き寄せると、僕の体の形の線に肉がぴたりと隙間なく吸い付いてくる。おたがいの体温が混ざり合うと、皮膚の上から滲み入るように、彼女が降りて来た。生まれたばかりの小さい弟を抱かせてもらったときと同じにおいがした。

僕らは残りの服を脱ぎ捨て、毛布を広げた床に横たわった。たがいに触れあって、そこにおたがいが触れたという記憶を数多《あまた》に残していく。そうしている間中、僕は自分自身が解《ほど》けていくような、永らく心を締め付けていた結び目がなくなるような、素直でのびのびした気持ちがしていた。彼女もそんな僕を敏感に感じ取るかのように、きつく閉じていた彼女自身を緩やかに開いていった。そうして彼女の中に入ろうとして、彼女が初めてだということに気がつくと、僕はさっきよりももっとゾッとなった。人は傷つけたり傷つけられたりしなければ、本当に相手を理解することはないのだろうか。深い傷を負わせたり負わされたりしないかぎり、記憶できないのだろうか。その人を、本気で愛したり、憎んだりしたことを。

僕は体の動きを止めて、彼女の顔をくまなく見つめた。真剣で、覚悟しきったまなざしが見つめ返してきた。ゆっくりと、僕が彼女の奥深くまで進むと、切り裂くような痛みが僕の視界にも胸の中にも飛び込んで来た。ソファーの傍にあったランプを消そうと手を伸ばしたら、彼女がそれを止めた。そして、しだいに動きはじめた僕のことを、潤んだ目で追い始めた。あのとき、もしかして、僕は嬉しそうな顔をしていたのかもしれない。なぜなら、彼女の身体の一番奥深く、彼女自身でさえ触れることができない部分を傷つけたことを後悔するどころか、ひどく幸せな気持ちではち切れそうだったから。彼女を僕でいっぱいにしたい。そうすれば、傷が癒えて傷があったことさえ忘れるときがきても、彼女はこの夜のことを忘れないだろうから。僕を彼女でいっぱいにしたい。そうすれば、たとえこの先何者かになれなくても、僕は僕に、彼女は彼女に、そしてたがいが望むなら、僕が彼女に、彼女が僕になることさえできるだろうから。

やがて朝がきて、僕は新しい感覚を味わった。僕の腕の中で眠る人だけに捧《ささ》げる献身。この日をかぎりに、僕の元から離れていくこの人だけに与える、今の僕のすべて。

通りの向こうでトラムの鐘が鳴り始めた。夜じゅうずっと眺めたその寝顔が小さく息づいて、彼女が眩しそうに目を開けた。

「夢を見たわ。どこか知らない場所に出掛けていたの」

「どんなところだった？」

「忘れちゃった。でも、懐かしい顔でいっぱいだった気がする。帰り道はすぐわかったのよ」

「どうやって？」

「どこかでトラムの鐘が鳴ったの。乗り遅れちゃいけないって、鐘の音のする方に向かって駆け出したら、あなたがいたわ」

朝日が軒下のウィンドーチャイムに反射し始めた。いくつも下がった小さな釣り鐘の先をくぐり抜けて、部屋いっぱい、白い光の粒子が降り始める。

僕は後悔しない。僕が彼女を傷つけたことを。彼女にも後悔しないでほしい。彼女が僕に傷つけられたことを。僕らが抵抗し合ったことのすべて、認め合ったことのすべて、奪い合ったことのすべて、そして、僕らが与え合った、僕たち自身のすべてを。

お花畑のあおむしさんたちへ

バンディがいないあいだのお約束、おぼえていますか？

デイジーは、学校から帰ってきたら、すぐに宿題をすること。テニスから帰ってきたら、すぐに汚れたソックスを出すこと。

ポピーは、ランチボックスを持っていくのをわすれないこと。中のサンドイッチはのこさず食べること。

リリー・ローズは、シャワーで耳のうしろまでちゃんと洗うこと。いいにおいのするシャンプーでシャボン玉ばかりつくらないこと。

それから、みんなにひとつお願いがあります。

おばあちゃんにお願いして、この電話番号に電話をかけてみてください。

××－×××××××

みんな元気でいてね。ときどきメールと写真を送ってください。

アンティ《おばちゃん》・B

数日後の朝、まだ暗い内にジェイクが車で家まで迎えに来た。助手席にはイモジェン。アビーを見送ったあと仕事に直行する様子で、上着の下にはナースのユニフォーム。僕が後部座席に乗り込むと、ジェイクは勢いよく車を走らせた。イモジェンは「寂しくなるわ」と何度も言い、ジェイクはハンドルを握ったまま、「世界のどこにいたって、毎日ＰＣのスクリーンで会えるし、話せるさ」と彼女を慰める。

「マット。おまえ、アビーがいつ帰ってくるか、知ってるか？」

ジェイクがバックミラー越しに、そう尋ねてきた。

「知らない」

お金がなくなったら帰ってくる、でも、あちらで仕事が見つかったらそのままいるかもしれない、との彼女の言葉を、若夫婦に伝えようとしてやめる。予測不可能な彼女の未来に関わろうとするのは、すでに予定だらけの未来に流されそうになっている僕には無理なのかもしれない。

空港に着いて、出発ロビーに入った頃には空が白み始めていた。立ち並ぶチェックイン・カウンターを過ぎると、出国審査場に続く出発口が見えた。母さんや姉貴を見送ったときからリニューアルして、銀色のドアの代わりに何台もの改札機が並んでいる。来月には、僕もあそこを通って日本へ行く。この年末年始は母さんとばあちゃんと一緒に過ごす予定だ。四年ぶりの東京。もはや、僕は祖国でもよそ者であることを、あの街の片隅に子どもの自分自身を見つけては思い知るのだろう。それも悪くない。どこにいても安住することのないよそ者であることは、この先の僕にとって強みかもしれない。なぜなら僕は今、自分自身を疑ってかかるのと同じくらい、他者のことを信じてかかりたい。そうすれば、一処《ひとところ》で一生寛げないかわりに、この世でただひとりの人と一生分の安らぎを見つけられるかもしれないから。

改札の手前に、家族連れの一団を見つけた。

「アビー！」

イモジェンが駆け出した。アビーがこっちを向いて手を振った。アビーの周りにいた子どもたちがイモジェン目掛けて走ってきた。アビーの後ろには、彼女の両親らしき年配のカップル。イモジェンとハグを交わしたアビーが、こちらに向かって歩いてきた。ジェイクが彼女に手を振る。

「マット。しばらくリアルで会えないぜ」

ジェイクがアビーに目をやって、僕の胸を片手でポンと叩いた。

「おまえ、わかりやすいんだよ。昔も今も」

僕は近づいてきたアビーに目で合図した。ジェイクのそばを離れると、チェックイン・カウンターの方向へ引き返した。アビーが少し離れてついてきた。家族の群れが見えない場所に来ると、僕は振り返って彼女の手を取った。彼女の手が握り返してきた。

「きみのことは待たない。誰かに待たれるなんて、ある意味、脅迫と同じだ。きみは自由なんだから」

「そんなの、本当の自由じゃないわ」

「どうして？」

「束縛のない自由なんて、やりたい放題なだけ。やりたい放題なんて、摑まるものがなくて、怖くてたまらない。まるで、ちゃんとした遣い手のいない人形と同じだわ」

アビーは僕を見上げて、まっすぐこちらを見た。

「あなたが、わたしの人形の遣い手で嬉しかった」

彼女らしい、慎《つつ》ましくて強烈な自意識がたちまちその頰を赤く染める。そんな彼女が僕から目を逸らすと、たった今、明るく輝いていた太陽がとつぜん雲に隠れてしまうような心許《こころもと》なさを僕は覚えた。

「嬉しかった、って、もう、おれはお役ごめんってこと？」

お役ごめんと引き換えの自由なんて、僕は欲しくない。僕は首を小さく振って、うつむいた彼女の顔に手で触れた。

「繋がれているから自由、なんだろ？」

アビーが無言でこちらを見つめてくる。

「やっぱり、きみのことは待たない」

出入り口のガラス戸越しに朝焼けと、空の青が混ざり始めた。小一時間もすれば、青が勝って、そこに朱赤があったことなど忘れ去られるのだろう。その朱赤と共に、僕も彼女の視界から連れ去られる。それを目にすると、先ほどの心許なさがふたたび忍び寄ってくる。

「でも、……もしも、きみがこの街に帰ってきて、もしも、そのとき……」

こうして今、彼女の答えを聞こうとして、その言葉を知っているような気がする。相手役のセリフを覚えているみたいに。そこまで通じあうには、同じ台本を繰り返し一緒に読み合わせしなければならない。

「マット」

彼女が僕を見上げて大きな息をつく。

「わたしのこと、待たないんでしょ？」

僕らはおたがいの目の中に答えを見つけると、腕を伸ばしあって相手を引き寄せる。立体の方が覚えやすいと彼女は言った。それは本当かもしれない。こうしていると、カーテン越しにやってきたあの朝の、新しい感覚が蘇ってくる。その記憶が幸せであればあるほど、こうして繰り返し僕を奮い立たせる。

「あなたを親に紹介するわ」

「そんなことしたら、あとが面倒なんじゃないのか？」

「ラクしたくないんでしょ？」

彼女は僕の手を取るとつかつかと歩き出した。そのまま、一度だけ会ったことのあるアビーの父さんと、その隣のアビーの母さんらしき人に近づいていく。彼らの目が僕に釘付けになっている。僕らは並んで、二人の前に立った。父親が点検か検査でもするみたいに、穴の開くほど見つめてくる。僕は視線を少しも逸らさないで、相手の視線に目で応え続けた。

「アカビの父のアントンです。マット、だったね？」

アビーの父さんが手を差し出してきた。

「また、お会いできて嬉しいです」

僕はアビーの父さんの手を握り返す。その力強さに、それが僕の父さんと同じ手だと気がつく。見知らぬ人の手を握り慣れた、一世たちの手。見知らぬ人から知人、友人、家族になるために、思いの丈を込めて相手の手を握り返す、僕らの親の手。この人も僕の父さんだ。

「マサト・アンドウです」

めったにないけれど、相手によっては、最初に出生証明書と同じ名前、僕の場合はパスポートに載っている名前を名乗って、後から普段の呼び名を付け加えた方がいい場合がある。アビーの父さんは、僕にとってはそういう相手だ。アビーの母親らしき人は、疑り深い目で僕を不審そうに眺めていた。その少し後ろでは、ジェイクがニンマリするのが垣間《かいま》見《み》えた。

「マットと呼んでください」

僕はそう口にしながら、子どもの頃に死なせてしまった名前が、今を生きる僕の名前と重なり、頭文字をぴたりと合わせて息を吹き返すのを聞いた。

「あなたにまた手紙を書くわ」

アビーは僕の手から自分の手を離すと、まるで電車かトラムにでも乗るみたいに改札を通り過ぎた。そして、こちらを振り向きもしないまま、朝の光が燦々《さんさん》と降る、もっとも確かな大空へ向かって飛び立った。

29 Nov. 8:08 PM

パパ

今朝は、お見送りありがとう。今、ドバイに着きました。

最低一年は、プラハで頑張ってみるつもりです。そのあいだに、アルメニアにも行くつもりでいます。おばあちゃんにも会いたいから。わたし、今まで、あの国を崇めることはできても、どうしても実感できなかった。もっとも、実際にアルメニアの街を歩いて、自分と似たような人たちに囲まれれば、故郷に帰ってきたような気持ちがするかもしれない。でも、パパ。わたしの故郷は、国とか、血の繋がりとかではありません。今まで、わたしという人間は、ひとつの国に属したことも、家族以外のひとつの集団にしがみついたこともない。定められた場所でも置かれた場所でもない、このわたしが選んだ場所で、見ず知らずの人たちに囲まれて、わたし自身を作ってみたい。

彼に会った今なら、わたしが何を一番大切に考えているか、わかるでしょう？
プラハに到着次第連絡します。ママと仲良くね。

バン

空港から街中に戻った。イモジェンを職場で降ろしたあと、ジェイクは僕を大学のすぐ近くにある大聖堂まで送ってくれた。歩いてシェアハウスに向かう。道の途中で振り返ってみると、鐘楼の鋭い先端はそれぞれ針のように天を突き、空全体を静止させていた。

家の中に入ると、キッチンを通り抜けて部屋に向かう。裏庭では、澄んだ朝の光が初夏の明るさに変わっていく。風はなく、庭に干した洗濯物は微動だにしない。季節柄、窓の桟にとまったマグパイは恋の歌を盛んに歌っていた。その鳥の声は、そこに僕がいることを世界中に触れ回っているようにも聞こえた。

部屋の中は引っ越し用の段ボール箱でひしめき合っている。荷造りの続きに取り掛かろうとして、荷造り用のガムテープとハサミを手に取り、その場で立ち止まる。ドアの裏側にマリオネットの少年とイヌが吊り下げられている。イヌを残したまま、少年だけをフックから外す。床の上で歩かせてみる。飼い犬がいなくなってからの彼は、観客などいないと高を括って、リハばかり繰り返していただけなのかもしれない。それが自分自身の役に本気で入りこめない一人芝居だと気づかないまま。

　窓から日の光が一直線に差し込む。その光を追って、窓の外を眺めた。瞬きするたび、まぶたの裏から庭の若葉がすり抜けていく。僕は新緑の沈黙に耳を傾ける。それは葉脈にのって、僕の鼓動と重なり合う。

　聞こえる。それは誰かが語り出そうとする直前の静まり、言葉の生まれる声。その声は形もなく色もないゆえに、ときに他の声に括られ、縛られ、連れ去られる。僕はその嘆き、哀しみ、そしてその怒りに震える沈黙に悲しみと怒りを昇華する産声を与えたい。一言でその人だとわかる、その人だけの声、その人だけのセリフで。なぜなら、今の僕には「地獄とは他者のことだ」とは思えない。僕に地獄から脱け出す術を見つけてくれるのは、あの潤んだ目、僕を捉えて放さないあの琥珀色のまなざしに他ならないのだから。

　一陣の風が吹き、若葉のさざめきが部屋中を駆け巡った。日光のスポットライトの下で、青年がマイムする。観察者の目でものを言う、アウトサイダーの身体。その心は、決して同化することもなければ安住することもなく、これからもこの街をさすらう。その姿はある意味、浮世離れしているかもしれない。滑稽だと嘲笑する人もいるだろう。そんな彼の望みはたったひとつ――、僕は、限りない自由よりも、叶《かな》わない夢よりも、自分の役を叫ぶ勇気が欲しい。

操り人形は紐をかけられた本のタワーまで来ると、歩みを止めた。僕もそこで立ち止まると、人形を足元に置いた。手にしていたハサミで本にかけられた紐を切った。タワーが崩れて、本が床に散らばった。段ボール箱からガムテープを剝がし、スーツケースを広げて母さんから送られてきた新品のネクタイを床に放り出した。最後に机の上に置いてあった航空券を半分に引き裂いて、横倒しになった人形の上に落とした。

「お、いたのか？」

ゼイドがドアの隙間から顔を出した。片手でドアを全開にし、無遠慮に中に入ってくる。散らかった床を一瞥《いちべつ》するなり、こちらを訳知り顔で見てきた。

「やっとデモに参加する気になったか？」

まだそれを言うかと僕は今まで以上にあきれ返ったあと、フンと鼻で笑う。

「ＹＥＳと言え！　そしたら、来年もその次もここに置いてやる！」

ゼイドは、触るな、キモい、あっちへ行けと叫ぶ僕の後ろから抱きつくと、僕の頭を片手でくしゃくしゃとやって、やっぱりおまえはおれのベスト・ジャップ・フレンドだと満足そうに笑いながら部屋から出て行った。

床から本を一冊拾い上げる。片手を表紙に載せて、目を閉じる。——信じてかかりたい。人の口から立ち上る人の心、真に人らしい言葉たちを。ゆっくりと目を見開くと、窓いっぱいの、遠く遥かな青空がやってきた。

「longing」と声に出してみる。「あこがれ」が僕の一番好きな色、スカイブルーに染まった。

——もしも、今ここで、僕自身という、動じない一本の木の役を演じる贅沢が許されるならば。

窓の桟にとまっていたマグパイが飛び立っていった。僕はその白と黒の翼を遠くまで見送ると、ベッドに横になり、手にした戯曲を広げて読み始めた。

【主要参考文献】
ジャック・ルコック著『詩を生む身体――ある演劇創造教育』（大橋也寸訳、而立書房、二〇〇三年）
コンスタンチン・スタニスラフスキー著『俳優の仕事――俳優教育システム　第一部』（岩田貴・堀江新二・浦雅春・安達紀子訳、未來社、二〇〇八年）
Drama-Victorian Certificate of Education. Study Design Accreditation period 2014-2018.Pubrished by VICTORIAN CURRICULUM AND ASSESSMENT AUTHORITY. https://www.vcaa.vic.edu.au/documents/vce/drama/drama-sd-2014.pdf
Currell, David. *PUPPETS AND PUPPET THEATRE.* The Crowood Press Ltd. 1999.
HAMLET (Cambridge School Shakespeare Third edition). Edited by Richard Andrews. CAMBRIDGE UNIVERSITY PRESS. 2014.

＊アルメニアの歴史、文化、言語等に関しましては、アルメニアのバックグラウンドをお持ちの方々からの貴重なお話を参考にしました。

初出　「すばる」2022年12月号、2023年1月号、2月号
（単行本化にあたり「Ms エムズ」を改題）
装丁　大久保伸子
装画　吉實恵

岩城けい（いわき・けい）

1971年大阪府生まれ。大学卒業後、単身渡豪。以来、在豪30年になる。2013年に『さようなら、オレンジ』で太宰治賞を受賞しデビュー。14年に同作で大江健三郎賞、17年に『Masato』で坪田譲治文学賞を受賞。他の著書に『ジャパン・トリップ』『Matt』『サンクチュアリ』『サウンド・ポスト』がある。

M《エム》

2023年 6月30日　第1刷発行

著　者　岩城《いわき》けい
発行者　樋口尚也
発行所　株式会社 集英社
〒101-8050　東京都千代田区一ツ橋2-5-10
電話　03-3230-6100（編集部）
03-3230-6080（読者係）
03-3230-6393（販売部）書店専用

印刷所　大日本印刷株式会社
製本所　加藤製本株式会社

ISBN978-4-08-771818-8 C0093
定価はカバーに表示してあります。

岩城けいの本

Masato

集英社文庫

真人は、父親の転勤にともない、家族全員で日本からオーストラリアに移り住むことになった。現地の公立小学校の５年生に転入した真人だったが、英語が理解できず、クラスメイトが何を話しているのか、ほとんどわからない。いじめっ子のエイダンと何度もケンカをしては校長室に呼ばれ、英語で弁解できず鬱々とした日々が続く。そんなある日、人気者のジェイクにサッカークラブに誘われた真人は、自分の居場所を見つける。一方、真人の母親は、異文化圏でのコミュニケーションの難しさに悩み苦しんでいた——。一人の少年とその家族の、故郷の物語。

（解説・金原瑞人）

Matt

集英社文芸単行本

日本から移住してはや５年。父と二人、オーストラリアに暮らす安藤真人は、現地の名門校、ワトソン・カレッジの10年生になった。Matt（マット・A）として学校に馴染み、演劇に打ち込み、言語の壁も異文化での混乱も、乗り越えられるように思えた矢先、同じMattを名乗る転校生、マシュー・ウッドフォード（マット・W）がやってくる。転校生のマット・Wは、ことあるごとに真人を挑発し、憎しみをぶつけてくる。「人殺し！　おれのじいさん、ジャップに人生台無しにされたんだ！」。目をそむけてはならない歴史と向き合う、アイデンティティをめぐる成長譚。